戴美樂小姐的婚禮

王定國

有時我想要專注，盡我所能背棄你的文學，也不想知道

什麼是救贖，可是人生卻有那麼多突然感到荒涼的時刻……

目次

（自序）烏微仔

偶然投入山居建築，四處觀摩請益，滿腦子都是溫泉街道、合院聚落以及推動書院講堂的願景……，當那些繁複的藍圖逐步付諸行動後，去年以來，工作團隊還為了防治一種小昆蟲，多次慎重其事邀來了專家和學者教授列席，共同進入討論一個非常細微的新議題：台灣鋏蠓。

台灣鋏蠓，說穿了就是平常被我們誤稱的小黑蚊。

鋏蠓其實並非蚊類，體形只像個毫不起眼的小黑點，另一個俗稱反而較為傳神，台語叫牠「烏微仔」，叮在體表上不易察覺，性喜出沒於山間水湄，大凡任何一處人間勝景或養生閑居都難以避其蹤影。

烏微仔有一種特性，黃昏之後自然就會消聲匿跡。

然而每次開完會，總有幾個叮點留在手腕上被我帶回來。

夜裡獨自埋入書房，一燈寂寂，那種癢感便就趁著夜深人靜開始蠢動，等著我來搔它或者冷落它。聽說只要忍著不搔癢，皮膚表面不僅完好如初，幾次之後便能無畏於牠的侵襲；但若是見癢就搔，難免就會越搔越癢，頗像是誤觸一樁心事，即使睡入夢中依然念念不忘。

那麼，是要狠狠地搔它幾下，或是緊抓著紙筆忍下來。

一年來的寫作，往往就是處在這種搔或不搔的懸念中。

烏微仔倘若作為隱喻，人的困境好比就是烏微仔留下的夜晚。一夜何其短，只有孤單最漫長，來時無聲無影，彷彿突然把你拋擲在全黑的暗室，你不知道那種孤單什麼時候走，看不見它的形體，只知道它在身邊縈繞，誘惑著你來掀開生命的底蓋，把你那些不想說的、無言以對的祕密全都吐露出來。

這本書的主題，正是烏微仔那樣的祕密，藏在某人的衣袖裡。

二十五歲的社會新鮮人，短短幾天親眼看見愛與寬恕的神奇。

三十五歲的孤單的有紀，用他遲緩的身影演出了一場完美的愛情。然後是四十五歲後的「我」，如何穿越那麼一種深切的愛與悲哀……。三個故事貫穿人世的艱難，訴說的彷彿就是烏微仔飛過的人生。

過去一年，我的寫作時間雖然不長，倒是穿越了許多個被烏微仔寵幸後的夜晚，整晚常在寫與不寫之間擺盪，在搔癢或不搔癢之間頑抗，如同此刻獨自一人的深夜，緩慢敲打著每個字的音階，時間從睡眠中借來，疲憊從破曉後襲來，這樣的寫作可說毫無僥倖和樂趣——然而生命中又有多少價值是來自文學藝術之外，倘若這條路那麼好走反而就不值得走了。

因此，每每忍到萬籟俱寂，終於還是會果斷地搔起癢來。

這本書也是連續第四年，我和讀者最真實的見面。

我們雖然不在任何地方相遇，卻也總有某些靜謐而溫暖的時刻，譬如現在的閱讀，藉由敘事的節奏或只因為文字本身流露的情懷，使我們每年都能在一本書中相聚並且彷彿進入親密的深談。

若有一天，你忘了聆聽或我不再執筆，想必那時你已對我充滿理解，不再訝異為什麼這樣的人願意回頭寫作。年輕時我曾有過狂野的革命熱情，有過孤高傲世的生存哲學，也曾以為憑我擅長的營商理念便足以睥睨他人；終歸而言，是因為過了中年以後突然惶恐起來的困境中，猛猛然對著自己的價值生出一種強烈的不信任感，才會在四年前某個夜晚悄悄又拾起筆來。

也是因為來自那樣的感觸，今年三月，準備進行最後一篇小說〈最想見的人〉之前，我先用同樣的題目寫了一篇小品送給自己，像是鼓舞著一個馬拉松選手的最後衝刺，給他一瓶水，怕這疲憊的傢伙無以為繼，讓他稍在樹底下擦擦汗，順便上他一堂連我都有點忐忑的諍言。

嗯，大抵就是因為一個人的時間兩人共用，白天的肉體只好頻頻催促晚上的靈魂，非得進行自我毀滅式的折磨才有一瞬間的火花絢麗燦亮。五月時，另又寫出一篇短短的〈離場〉，用來交代我是如何巧妙地偷天換日，才會在煎之熬之撐過五十篇專欄之際，還有餘力促成這本小說和你重逢。

這兩篇散文純屬寫作告白，附錄在書後作為印記，好比就是一部電影的幕後花絮，觀眾都快走光了，粉墨卻還沒卸妝，彷彿捨不得散戲，還對著鏡子喃喃自語：演得還好嗎，我真的可以嗎……？

想要表達的，其實都是藏在心中的感謝之意。感謝這三年來，前後為我寫序推薦的作家周芬伶、賴香吟、陳芳明、隱地、楊照和初安民，以及許許多多主動論書寫評的可愛的陌生朋友們，倘若沒有他們適時給予擊掌，停筆那麼多年後的我恐怕如今還不敢隨意獨行。

這次輪到自己寫序，既不能說些溢美之詞，只好在這裡打住了。

最想見的人

如果那時就是一輩子，那有多好，如果那天晚上不下雨。

那天晚上下著雨。

滿臉又下著那天晚上的淚水了⋯⋯。

廣	告	回	信
板橋郵局登記證			
板橋廣字第83號			
免	貼	郵	票

舒讀網「碼」上看

235-53

新北市中和區建一路249號8樓

印刻文學生活雜誌出版有限公司　收

讀者服務部

姓名：＿＿＿＿＿＿　性別：□男　□女

郵遞區號：＿＿＿＿＿＿

地址：＿＿＿＿＿＿

電話：（日）＿＿＿＿＿＿（夜）＿＿＿＿＿＿

傳真：＿＿＿＿＿＿

e-mail：＿＿＿＿＿＿

INK

INK PUBLISHING

讀者服務卡

您買的書是：________________

生日：　　年　　月　　日

學歷：□國中　□高中　□大專　□研究所（含以上）

職業：□學生　□軍警公教　□服務業

□工　□商　□大眾傳播

□SOHO族　□學生　□其他________

購書方式：□門市_____書店　□網路書店　□親友贈送　□其他_____

購書原因：□題材吸引　□價格實在　□力挺作者　□設計新穎

□就愛印刻　□其他________（可複選）

購買日期：_____年_____月_____日

你從哪裡得知本書：□書店　□報紙　□雜誌　□網路　□親友介紹

□DM傳單　□廣播　□電視　□其他

你對本書的評價：（請填代號　1.非常滿意　2.滿意　3.普通　4.不滿意）

書名_____內容_____封面設計_____版面設計_____

讀完本書後您覺得：

1.□非常喜歡　2.□喜歡　3.□普通　4.□不喜歡　5.□非常不喜歡

您對於本書建議：

感謝您的惠顧，為了提供更好的服務，請填妥各欄資料，將讀者服務卡直接寄回或傳真本社，我們將隨時提供最新的出版、活動等相關訊息。

讀者服務專線：（02）2228-1626　讀者傳真專線：（02）2228-1598

五歲他才說話，兩個字，聲音嘹亮，像一隻鳥匆匆穿過樹梢。他的保母嚇呆了，不敢出聲驚擾，直等著那小嘴巴再說第二句，可惜再也沒有下文。她不想怠慢，趕緊翻身下床，跑上樓猛敲他父母的房門，那裡面正在吵嚷，聞訊後雙雙噤聲，跑下來時由於驚喜得過度，幾乎一起踉蹌著衝進他的房間。

他卻繼續沉睡，雙唇緊閉，苦等到深夜毫無訊息。

入學後他才稍稍正常，說話卻像寂寞的鸚鵡，重複不停且又細聲怪氣，他父親屢屢糾正，每聽到同一句話立即嚴聲禁止，父子間的對話形同開關頻頻切換，直到四處無人時他才又回復鸚鵡的試音。

保母辭去工作時，念念不忘的還是那天夜晚，臨走前哭了起來，「當時我不貪睡就好了，如果聽懂了他說的是哪兩個字，說不定就知道小腦袋裡想什麼，很多事情應該都是有玄機的啊。」

他父親不管那是什麼鳥字，想到的只有一個辦法。

有一天把他叫到面前，慎重地宣布了一件事。

「過幾天有個女生要來和你作伴了，名字叫思佳。」

「妹妹，妹妹……，」

「住口，不准叫妹妹，她以後長大要嫁給你。」

小女孩揉著眼睛爬出車子的那天下午，揹著小布包，彷彿剛睡醒，來到門口還在顛晃著。他躲在陽台看見母親出門迎接，父親跟在後面，兩個人搶著去抱她，嚇得她一直往後退，差一點跌坐在草地上。

他們帶她進來客廳，說話的回音傳到挑高欄杆旁。思佳才十歲呀，就這麼懂事了……，好乖，肚子餓了嗎？他看見她搖著頭，卸下了背包，蹲在地上檢查著裡面的東西，檢查完再把包巾綁起來，然後抬起臉說：「真的要從今天晚上開始嗎？」

1

那麼多年後，他就記得那句話，還有那張臉。

那張臉還沒看清楚，母親就喊著他了，他躲到欄杆旁的穿廊，聽見腳步聲越來越近，只好又退回到自己的房間。母親停下來，小女孩也跟著停下來。「有紀快開門，出來看看誰來了，就是思佳呀，你不是也在等她嗎？」

房門已反鎖，他卻還是蒙上了被單，聽見母親在外面哄著她說：「有紀就是這樣，膽子特別小，妳不用怕，明天就知道了。」

那腳步聲慢慢走遠，從此留在腦海，一晃二十年。

這時候他三十五歲了。

他在農場裡工作，這裡的每隻牛都認識他，每隻鴨子都有他的命名，每條狗都冠上了新綽號；即便是眼前這棵火刺木，他也偷偷化名叫它思佳。思佳三月開花、五月結果、冬天掉光葉片，每年他隨著季節的每一天想念她。

不只這樣。他負責訓練寒暑假的實習生，給他們編組分工，講解各種農事要領，帶頭揹著沉重的機具教他們除草，下工前的最後一站，便是領著他們來到樹下歇息，有意無意就抬頭介紹這棵火刺木，「別以為它只是一棵小喬木，你們猜猜看樹齡有多少年了？」

學生們報著數字，零零落落不太踴躍。他自己趕緊插嘴提醒，當初來到這裡的第一天，組長答應讓我親手種下去的……。但還是沒有人說得準，最多只猜到了五年或八年。這也難怪，枝枒雖然繁密，畢竟不是很高的大樹。他只好宣布答案，這棵樹和他一樣，在這裡度過了每年每月每一天……

說得多驕傲，嘴角都上揚了，彷佛思佳還在，一刻都沒有分開。

結訓後的日子，他又回頭撩起褲管清理水溝、刷洗豬舍，雜事做完且把自己洗乾淨了，就又來到樹下發呆，直等著五月趕快來。五月的紅果最多，鳥更多，滿樹吱喳不停啄果子，啄得太過興奮了，就有一顆兩顆咚咚幾聲掉進埤塘裡。

五月到底還要多久，好像來不及了。

太陽穴又開始抽痛起來，感到暈眩，一陣茫茫然。

母親從火刺木後方的牧草坡下露臉時，帶給他的便是這種茫然。
「有紀，原來你還躲在那裡，快下來呀，我們該走了。」
她提來了兩個袋子，可見已經跑進寢室替他打包了行李。
「不回去，開始要結果了。」
「天啊，我買一棵讓你種在屋頂行不行？這次別想再躲了，你爸爸還在加護病房，有志也趕回來了，做哥哥的怎麼可以缺席？回去先住我那裡，我帶你去醫院，你負責叫他，叫大聲一點他應該還聽得見。」
「不去。」
「你叫他的時候記得報出自己的名字。」她把行李擱下，瞧著四周無人，做出俯身下去的動作，自言自語起來：爸爸，我是有紀，有紀回來看你了，你放心，一定會好起來的……。
「這樣你會吧？」
母親演得不像，完全看不出一點點悲傷。
卻又不能不理她，他的世界裡只剩母親一個人。

被送去療養院時，母親三五天就來看他一趟，不說話先掉淚，那才是真正的悲傷，完全停不下來。有志只出現過一次，抓著門板不敢進來，裡面都是問題孩童的哭鬧聲，有的尖叫起來震盪著地板。他安靜地躺在床上，想不懂自己為什麼和他們住在一起，難得看見弟弟來，高高興興揮著手，揮到一半時發現外面那張臉已經轉開了。

父親則是一次都沒有，寄過兩次生日卡，隔天被他丟進垃圾袋裡。

進入農校就讀後，每個月見到的還是只有母親。

一直到畢業那天，父親才出現，一來就是要接他回家。他一看到司機打開了後座，馬上就像逃命般躲到禮堂外的銅像後方。那麼多年不見，身形變胖了，肚子滾出了皮帶，頭髮改成往後梳，額頭下那兩隻眼睛變得更銳利，朝著校園這邊不斷搜尋過來。

他乾脆躲進校園後面附設的農場內，校長透過廣播喊他一下午，還派出一群雜役包抄每個缺口進來找，十幾支手電筒到處交叉揮舞，把那天黃昏的農場翻攪得雞飛狗跳。

只有母親知道他藏在哪裡。

她每次來，熟到不行的管理組長都讓她自由進出，找人像在找一件衣服，苗圃找不到就去菜園，餐室找不到就鑽進了洗澡間，滿地的牛糞她也不怕，跳著跳著有時就轉到木工室這邊來了。

「有紀，我才不相信那天他們找不到你？」

他示範給她看，推開了用幾片夾板擋住的倉房，裡面全都是他刨過木頭後捨不得丟棄的木屑花，他兩手往前伸直，箭一樣穿進去，像要去游泳，很快就消失在那堆木屑中。當他頂著滿頭碎屑重新鑽出來時，得意地笑著，笑得滿臉漲紅，身上沾著四處飄飛的白絮，看得母親蹙著眉頭流下淚水。

那時的母親就是這麼說的，「我拜託校長讓你留在農場，這樣總比跟他回去好，是不是，就算以後想要回家也不要見他，媽媽那裡還有空房，甚至以後你要結婚了，我們都還可以住在一起。」

對父親一樣那麼恨，現在卻逼著他去醫院看他。

「要快呀，火車不等人，現在趕到車站還來得及。」

三月的白花謝了之後，鳥變少了。
若要等到四月過完，只要再二十幾天，那時就又開始熱鬧了，大清早連猴子都有可能跑進來。他在石頭上故意盤腿坐著，做給她看，不走就是不走，這麼多年都熬過來了，急著要去哪裡，思佳不在的家還像個家嗎？
母親開始不耐煩，生出了一股情緒，聲音繃緊了，「我看你還是跟我走，不然我有個祕密就不說了，你永遠都別想知道。」
他繼續搖頭，不想聽，不知道祕密也不會死。
「我就不相信你能堅持多久？」
「妳回去。」
「好吧，那就別想知道思佳人在哪裡？」
不敢再有任何的期待後，乍然聽到時頭皮發麻。
幾隻鴨子忽然划過的水面，一瞬間拂亂了火刺木的倒影。
他昂起臉，茫茫然看著她，眼裡一陣滾熱，轉瞬間模糊起來。

山線火車穿過隧道後，盹睡中的母親才醒來。

她看起來是很累了，上車不久就瞇上了眼睛，眼睛下方沾著一撮灰灰的斑影。他本來以為那是外面飄進來的煙渣，想要伸手揑掉它，又怕把她吵醒，等她這時轉過臉來，才發現那根本不是煙渣，然而他也不懂那是什麼，只知道有些東西印上去就拿不掉了。

他一直對她感到愧疚，卻又懊惱不會表達，只曾想過如果自己沒有父母，也許就不會有誰再為他操心了。就像思佳一樣，思佳也是孤單一個人，她去哪裡，他也能去哪裡，沒有家庭就沒有悲劇，就算有，應該也只是小悲劇，一個人獨自難過就好，不必牽連整個家庭一起傷心。

母親就是一個例子，那件事發生後，她就搬出來了。

「哎呀，竟然睡著了。」她拿出手巾擦著汗，溜一眼窗外的田野，「隧道過了吧，那再一個小時就到了。有紀，你可以休息呀，眼睛睜那麼大，又在想什麼，精神那麼好。」

當然好。希望她沒有騙人。

「思佳知道我要回來嗎？」

「啊，原來滿腦子又想這個，都不擔心你爸爸。」

「是妳自己說的。」

「我還沒碰到她，但一定會帶你去。」

「到底在哪裡？」

「還是不要用說的，反正到時你看了就明白。明天先去醫院，這是讓你好好表現的機會，我交代的要記清楚，晚上再複習一遍，說話多用一點力氣，喊他一大聲，別讓他把你忘掉了。」

「為什麼要這樣？」

「如果他醒過來，第一眼看到的就是你，那多好。」

「但是我不想看到他。」

她沉默半晌，又取出了手巾，這次擦著眼角，「有紀，你是回來分財產的呀，這樣你懂嗎？財產都給有志不公平，給外面那個女人搶走那就更糟了，到時候連那幾個私生子都會排隊來搶。從小吃苦到現在，我總要為你設想，最好是趕快結婚，搬進去和他一起住，這樣有名有分我才放心。」

「和誰結婚？」

「可以相親呀，我早就開始安排，先帶你去買一套西裝，你穿起來一定很體面，要相信自己，沒事了，早就好了。」

「早就好了」，聽起來含糊又簡潔，母親總是沿用這種字眼，充滿著暗示而不敢面對，好像只要這麼一說就過去了。好吧，就算有病吧，就算「早就好了」，也是因為那個寂寞的世界來了一個思佳，才使他慢慢痊癒的，怎麼知道後來她又被奪走了。

他還記得那第二天的清晨，思佳自己洗頭髮，保母替她綁了兩條小辮子，脖子變長了，像雪那樣白，白到辮子上頭的髮線裡。他們兩個一起出門，他走在後面，看著那黃色的書包隨著腳步晃盪，一轉眼就拐過了巷口。

他和平常一樣的慢，走不像走，巷子裡剩下他一人，正納悶著這剛來的女生那麼不怕生，沒想到突然又從看不見的巷外走了回來，伸著一隻手，像是架起一座橋，然後等在那頭說：小紀，我們要一起走。

●

樓下開著店，母親賣衣兼裁縫。他跟在後面爬上二樓，走道很小，一屋子陳舊的家具，連牆上的掛飾都有些眼熟，想是她從以前的家裡帶來的，包括一個他們吵架時摔破的時鐘，兩條裂痕從三點連到八點，秒針走過去時還會在那上面抖一下。

「過幾天我還想去看房子呢，想換一間公寓，眼睛越來越吃力了，裁縫店遲早要收掉。你想住哪一種房子，有紀，我們來商量，店賣掉就有錢，等我把新家安頓好，說不定那時候你就可以離開我了，去住那間大房子還是比較舒服，而且可以防止那個狐狸精突然搬進來。」

「思佳離這裡多遠？」

「很近又很遠，遠在天邊啦。有紀，不可能了。」

哦，什麼是不可能？

他坐下來，看著她去煮麵，廚房搭在曬衣服的後陽台，簡陋的爐具蓋著一層防雨布，掀開後滾落了一灘水。看來她很少煮飯，沒有人陪她吃飯，說不定有志也不曾來。有志頭腦好，聽說和父親一起上班，領導一個部門，再不久就是接班人。既然回來了，突然很想見他一面，母親應該叫有志來，露個面也好，來了才有家的樣子，沒有家不行的人最怕沒有家，不像他隨時可以再回去農場。

除非思佳留住他，或者像她自己以前說過的，兩個人一起走。

他把行李抬上三樓，推開房門後差一點激動得哭了。床鋪已打好，上面疊著一條那麼眼熟的棉被，雖然套進了軟綿綿的蠶絲被，但那素面的被套還是一眼就認得出來。為了證實它就是以前那一條，他急著翻看那四個端角，果然沒錯，當年的筆跡還在，儘管已經褪色了，仍然看得出歪歪扭扭的左上、左下、右上和右下的印記。

思佳說：小紀你好奇怪呀，棉被不是一樣可以蓋在身上嗎？

不一樣，那時候他是這麼說的，如果妳也常常作噩夢，我教妳，固定睡左邊，棉被也要左邊的棉被，緊緊抓住它就會覺得比較溫暖。思佳，妳不信可以試試看，它會慢慢認出妳的身體，頭是頭，腳是腳，睡覺的時候妳會感覺到它在抱著妳。

思佳後來說，她試過了，真的非常有效。

就算無效，思佳每次都相信他，光是這樣就很溫暖。

他戴上了口罩，和母親各取一件隔離衣，兩手往前套上，像要進去捕蜂，冬天的農場附近就有很多這樣的捕蜂人。父親動也不動，鼻腔裡塞著胃管，嘴裡塞著氣管，很多管線連結著旁邊的儀器，看不出哪一條正在咕咕響，管子裡的水氣化成了白煙，很像化學課裡那些魔術般的燒杯。

現在，他準備要開始叫他了。

母親站在背後，悄悄在他腰際堵著一根指頭，他稍稍猶豫時，那根指頭就更加把勁，像要鑽進他的骨頭裡。他瞥著附近兩邊別人的病床，有的簡言兩句就輪換另一批人進來，有的俯身對著病人的耳洞說話，也有的哽咽幾下卻又忍住了，各種小動作壓抑在藥水味濃烈的病室中。

爸，爸爸，爸爸爸爸爸。他暗自練習過兩三次，覺得開口第一聲還可以藉著怒氣衝出來，第二個字就很難。如果只是單音的爸，聽起來就像喂一聲那麼無情，不見得母親會輕易放過他；但如果是沒有感情的爸爸爸爸這種連續音，卻又像在荒野念經，念了是白念，旁人聽了一定不知所云。

答應了母親才來的，喊不出來只能怪自己。

如果喊不出來，可以摸他的手來代替嗎？可是找不到適當的手，這邊的手扎滿了針管，那邊的手藏在一條白被裡。他只好緩緩地掀開被單一角，發現他兩邊的褲管並不等長，其中一隻翻上了膝蓋，骨頭特別大，顯得旁邊的肉變少了。他不知道該從哪裡下手，總要找一個比較乾淨的部位，可是還有哪裡是他身上最乾淨的地方？

他因此哭了起來。越來越哭，大聲的哭，哭得像吶喊，哭得聲音都乾了，像一台突然失控的馬達嚴重缺水，隨時會停下來卻還沒停下來。

母親沒有制止他這樣的哭泣，反而充滿著讚許，他發覺堵在腰上的那根指頭變溫柔了，變成整隻手掌攤開在他腰間，傳來的是熱熱的體溫，很像一種激動的安撫，暗暗地輕拍了幾下，彷彿告訴他說，孩子，這就對了。

但有點麻煩，他發覺自己的哭聲停不下來。悲傷是那麼洶湧，喉嚨一點辦法都沒有，護士走過來了，頻頻搖著頭示意他安靜，他只好趕緊摀住口罩裡的嘴巴。在這雙層的把關堵塞之下，他的哭聲便在體內開始亂竄，全身顫抖起來，傳到腳底彷彿敲起了亂鼓，兩腿便忽然站不住了，母親只好扶著他，連聲安慰著說：好了，好了，我的乖孩子……。

走出加護樓層時，一個女人帶著小孩擦身而過，一前一後走進了病房。母親沉著臉停下來，指著他們的背影叫他看，「我說的就是這個女人，你想想看，可以不回來嗎？」

他們下去等公車，這時他的鼻口還在喘喘地嗚哼著。母親替他擦拭臉上的淚痕，一邊說得語重心長，「有紀，媽媽沒想到你會這麼傷心，嚇死人，是要掀掉整個屋頂嗎，沒有人這樣哭的好不好，他就算聽不到，分一半他的財產也是應該的了。」

難道也要分一半思佳的身體嗎？

腰圍三十，褲長四十半。太瘦了，她說。

第一套的西裝，買回來掛起來，銀灰灰閃在床壁上，越看越不喜歡。母親和專櫃店員殺價時，他就開始不喜歡了。他平常穿的都是農場裡的工作褲，要蹲要坐都很俐落，夾克套下來時哪管什麼幾吋的腰。

如果吃胖一點才好相親，多麼希望這幾天趕快瘦下來。

母親的徵婚廣告已經登出來了，缺的就是一套體面的西裝。

他現在又瞧了它一眼，突然想，如果剛才思佳在場就好了，只要思佳喜歡他才會喜歡。不然思佳應該比較喜歡白，白上衣配那種小黑裙，就像她的白鉛筆配一塊白橡皮。連手帕也是那麼白，每天自己洗，掛在房間的窗口等晾乾，像一隻白蝴蝶拍著翅膀，要飛不飛卻又不想停下來。

那時他更喜歡思佳考他心算，也是因為在那種懵懂中看得到茫茫然的白。反正幾乎每一題都答錯，也就不怕她把數字念得多快，那清晰的聲音黏著一股磁性，讓他享受著一個撒嬌的低年級生訓斥著他這個高年級。他尤其喜歡譬如 16+36 的那種不懂，眼前一片白茫茫，臉紅心跳無處逃，只好每次盯著她白衣的胸口。有好幾次他從那裡發現它在變化，曾經就像李子那麼小，過一陣子便又繃緊了些，再久一點以後他就更不懂了。

思佳，那是什麼？

你不知道才怪，這是我的。

妳的像什麼？

小紀，你暫時不能看的那種。

她繼續念著那些數字，是那麼認真念，黏黏的聲調便一直穿進他腦海，使他偶爾不得不專注，終於答對一題時，兩人一起拍手，彼此沉浸在一種茫茫然的喜悅中。

明天看到的思佳，還有以前那樣的聲音嗎？

母親這時候突然敲著門，進來了。

「我們可以去看她了，現在就走。」

「去哪裡？」

「當然是帶你去看思佳，我既然答應就不會反悔。」

「不是明天嗎？」

「我忘了說，這種事晚上才有，白天看不到。」

母親臨時起意的，全身沒打扮，腋下夾著上午買菜的錢包。

他也還沒有準備好，這麼匆促見她，什麼禮物都沒有，本來想好了明天中午買，而且大致上已經有了方向。她喜歡各式各樣的音樂盒，有白色鋼琴的那種外型，也有情人跳舞的旋轉設計；思佳也曾為他買過一種多層蛋糕的款式，旁邊的蠟燭會一起亮，在那年最後的五月，為他唱著生日快樂生日快樂生日……。

空手怎麼去，至少要像專程來，那就只好先穿這套西裝了。

本來嫌它銀閃閃，也許就因為突然要去見她，便又覺得好像越看越順眼，閃閃的顏色比較有精神，思佳本來也不喜歡他太呆板。他徵詢地看著母親一眼，讓她知道這個念頭也好，既然西裝是為了相親而買，去見思佳難道不是另一種相親嗎？

「穿這麼正式做什麼，她又不是沒看過你。」

語氣那麼冷，多不了解他盼望了多少年。他跳下床開始穿，手腳都亂了，扣著襯衫時聽見她淡漠地說：有紀，你好好的就好，想要打領帶也沒關係，我只擔心你看了難過，不知道會不會受不了⋯⋯。

●

母親顯然帶錯了地方。

滿街都是令人迷惑的燈火，從地上閃爍到高高的樓牆，每個招牌像在疊羅漢，最高的最亮，眼睛跟上去時看不到一點月光。

她指著路邊一棟宮殿般的樓房，庭院前面有個小噴泉跳躍著。

他沒下車，看完把臉縮回來，只當母親是在做城市導覽，看完這些燦亮的街景後，她應該讓計程車繼續往前開。離這裡越遠，離思佳就越近，她應該還是那麼孤單一個人，就像那天晚上來到家裡時他所看到的那樣。

「就在這裡。」母親說。

他感到非常迷惘，卻又不能不看，噴泉後面是一排圓形列柱，左右橫跨著幽暗的光影，光影下面是一條長長的燈廊，從外面進去的客人踏上階梯時，門口那些女郎立即傾身相迎，開衩的禮服在陣陣晚風中飄揚。

母親拉著他下車，兩人來到樹下，「有紀，你現在看到什麼？」

他看到的是一輛輛進口車繞了進去，也有客人直接從馬路邊下來，摟著後座裡鑽出來的女人，像要步上紅毯那樣。他覺得這些都和自己無關，但還是又開始感覺到一陣陣暈眩，太陽穴微微抽痛著，彷彿再度預感到什麼事情又將發生，每次都是如此，有時不如一死。

「我們不要站在這裡。」他說。

「別怕，看看她是怎麼進場的。」

「聽不懂。」

「說不定她也帶著自己的客人，你要有心理準備。」

招牌上的跑燈告訴他，斐麗絲，酒店的名字。

他不相信，想要糾正她的錯誤，一隻手卻被她握緊了。

「這些女人都是八點上班。」

「思佳不用在這裡上班。」

「你可以去問有志，他來應酬發現的，差一點認不出來。」

那更不值得相信，他心裡說。

雖然是自己的弟弟，卻沒有給過他好臉色，這和父親是一樣的。

他和有志曾經抓過兩隻蜻蜓，用長長的棉線綁在酒瓶口。

有志自己先挑，挑上那隻紫蜻蜓，黃色的分給他，兩隻蜻蜓開始繞著瓶口飛，比賽誰的蜻蜓飛了最多圈。

有志後來輸了賴帳，把他的黃蜻蜓扯下來弄死了。

把思佳的名譽隨便糟蹋在一間酒店裡，也就不是不可能。

他記得回到房間後，到了晚上，思佳探頭進來告訴他，有志出門了，客廳裡剩下的那隻紫蜻蜓還在掙扎，她想要去放掉牠。

他後來聽到的卻是一連聲的尖叫，原來有志並沒有出門，躲在昏暗的廳間裡扮鬼，把她嚇得發燒一整夜，而那隻蜻蜓便一直垂掛在瓶口下，第二天早晨爬滿了螞蟻。

若以這個記憶來推測，有志到現在應該還是那樣的人。

至於思佳，連一隻蜻蜓都想要放走，難道會把自己綑綁起來嗎？

但很多事情都是未曾想到的啊，否則後來也不會那樣了。

他不敢再想，轉身背對著街口，這時突然聽見母親催促著說：「你快過來看，又一個走過來了，會不會就是她，唉呀，不會吧……。」

索性閉上了眼睛。

2

那裡有點緊。鼠蹊那裡。

那是內褲三角邊緣斜切的地方，尿完時急著提上拉鍊，一半陰囊便突然像顆彈珠卡在縫線外了。他想再跑一趟洗手間，但時間很趕。沒有多少時間。他望著咖啡廳的入口，很怕進來的客人就是她。

幸好還不是。她會戴一頂寬邊的帽子，然後在進門時把帽子摘下來。母親還提醒說，只要一直看著她，她就知道今天約會的人就是你。他只好坐在原地調整，試著挪起坐姿，手探進褲袋裡，可惜慢了一秒，她真的進來了。

就算一直看著她，也不可能突然變成思佳。

「請問你是……？」

他點點頭。

「等一下還有沒有其他人要來？」

沒有，他說。

女的鬆了一口氣，帽子擱在旁座上，「你們的廣告好有趣：為我的孩子徵婚，年輕善良有家產……。是你母親寫的吧，她在電話中的聲音好年輕。我本來是不想來的，朋友一直鼓勵說這是單獨的見面，嗯，這樣確實好多了，不然我真的很不喜歡相親，好像見了面就要馬上決定。」

輪到他說話了。但他不想隨便，一直沒有接腔。任何一句話最好都發自內心，喜歡就喜歡，不喜歡就不要隱瞞。這個女的剛好屬於兩者中間，或稍微有點偏向不喜歡的那邊。他不喜歡她一來就像隻麻雀，應該羞答答才對。他現在能做的只能想辦法不討厭，盡量看她的優點，長頭髮很順眼，牙齒也很白，笑起來有皺紋但不笑就沒有。

「妳還沒點咖啡。」他說。

「喔，一定要點咖啡嗎？」她又笑著，覺得很滑稽的那種笑。

他自己也感到訝異，很平常的話題，一開口卻又出錯了。

至少應該有個順序：聽說妳很喜歡喝咖啡，然後才說妳還沒有點咖啡。

通常都會漏掉了一句什麼，被糾正後才又懊惱起來。

思佳就不會給他這種困擾。萬一說錯了話，她會選擇聽見或沒聽見。選擇聽見時她會讚美，小紀好厲害喔，原來說話也可以這樣說，以後我也要學你這樣……；或是選擇沒聽見時，通常都是因為父親又要發火了，她會接續著他的錯誤說下去，寧願一起錯，兩人同時被罵，反而把他救了回來。

思佳不在的咖啡廳，果然就是這樣的，沒有人幫得上忙。

他想了想，試著向服務生招招手。這次沒錯，熟練多了，書上學來的，只要把手半舉，像在空中彈琴。他不想給她壞印象，就算只見這一面，基本禮貌還是要有，至少人家專程來。妳吃飯了嗎，要不要在這裡用餐……？他想，這是應該的，他願意陪她把飯吃完。何況他也很想聽聽他們都市男女的生活見識，她這麼開朗，應該很快樂，每天過著一點都不悲傷的日子。那麼，她是怎麼辦到的，那個天地在哪裡，他這種人可以去嗎，去了之後就會過得很好嗎？

腦子裡不能有太多空白，回去時母親會問今天的進展。

但他還是很想先去一趟洗手間。那裡有點緊。

發脾氣時他會顫抖，微微感到肢體震動，幸好衣服替他遮掩，只感覺有風吹在體內，每一吋皮膚像悲傷的葉片颯颯地響。他不想被母親看出來，她已夠委屈了，扛著悲劇離開了丈夫，從一個有錢的貴婦變成了裁縫。

裁縫跪在拜墊上，喃喃念著無聲的敬語，透天屋頂的陽光直晒進來，小佛堂悶在熾熱的暑氣裡。她爬起來敲了聲木魚，三杯水酒再斟一回，這才轉頭過來看著他。

「剛才我還跟菩薩說，請保佑我的孩子，他去咖啡廳約會，對方的條件不錯，希望一見面就會有結果。沒想到你這麼快就回來，我聽到爬樓梯上來的聲音就開始難過了，連一杯咖啡都沒喝嗎，還是看人家不順眼？」

他不想告訴她，從洗手間出來後，女的已經不見了。

那個瞬間頗讓他感到意外，最納悶的還是那頂帽子帶來的衝擊，她是戴著它走出去的呢，還是抓著帽子匆匆地離開？這不一樣。帽子應該也代表著一顆理性的腦袋，感覺上當他在小便斗上整理著內褲時，顯然她已經忙著和帽子商量，否則不會同時那麼乾淨俐落，人和帽子那麼快就失去了蹤影。

沒有人會喜歡他，這是早就知道了的，沒想到連帽子也不喜歡。

回來後他憋著悶氣不敢發作，因為神明菩薩在場，現在他只能把語氣轉緩下來，「聽說妳的廣告強調有家產，這樣讓我很丟臉，妳擔心別人不來。」

「有錢哪裡不好，現在的女孩都嘛眼睛很亮。」

「那就是用錢買。」

「隨你怎麼想，後面還有五個，最起碼也要全部看完，我替你安排的都是單獨見面，不用一堆人大眼瞪小眼，這都是為你設想，看不出來嗎？」

「是因為我太笨，怕我怯場。」

「有紀，了解你的人會很喜歡你。」

「妳怎麼不給有志登這種廣告？」

母親動氣了，收拾著水果袋，轉身步下樓梯，邊走邊說：「不相親也沒關係，你就趕快回去守住那間房子吧，乖乖等你那個中風老爸出院，反正他活著回來也只剩下半條命，不會再罵你了，換你每天幫他推輪椅。」

這麼威脅還是有用的，讓他又敏感地跳進以前那個陰影裡。

想不清多少次，當他結巴著說話時，父親都是舉著巴掌在空中嚇他，像要把他打醒，從小學舉到中學勉強畢業，他的膽子早就被那隻大手嚇破了。而每次幫他解圍的就是思佳，那小小的臉孔仰望著憤怒的巴掌，好像寧願承受在她自己身上那樣。

那時候的思佳不綁辮子了，剪短了頭髮當起了他的國中學妹，走在校園裡互不相識，回到家裡卻能夠坐在同一張書桌上溫習。那些個夜晚的氣氛是多麼溫暖，一盞燈照著兩個人，課本裡都是黑壓壓的字，眼睛溜到她臉上時才看見了雪亮的光。

如果那時就是一輩子，那有多好，如果那天晚上不下雨。

那天晚上下著雨。

滿臉又下著那天晚上的淚水了……。

●

十點開始下雨。雷雨。

那時他還沒睡，不敢睡，春雨帶來了脆雷，恐怖的聲音夾住他的神經，霎時讓他想起思佳房間裡的窗口，那裡是她每天睡前跪著祈禱的地方。她對著星空說話，說給早已不在的父母聽。他曾問她每次說些什麼，從來得不到她的回答。

有時候他也試著跪在自己的窗口，希望父親不要回來。

父親回來時都會坐在大廳，母親端茶，思佳蹲下來脫襪，他只能負責被他盤問，像個笨蛋站在兩隻大腿中間，看他炯炯眼神，想不通這個大人絕頂聰明，為什麼偏偏要生下他。他總是覺得羞恥，只好每次低著頭，等著思佳又來替他說話，彷彿在為他祈禱，只差沒有跪下來。

這時的父親才會停嘴，盯著思佳上下看，猛拍著自己的額頭。

思佳如果是父親送給他的禮物，哪有反悔把她要回去的道理……

十點下著雨。二十年後那個悲劇依然還在下著雨。他想去替她關上雨中的窗，看到的卻是平常想躲都來不及的父親，那個背影正在沮喪地喃喃自語：天啊，我的天啊……，一邊自責，一邊後退著，彷彿急著想要逃離。

而他看見的思佳，一個人蜷縮在床頭哭泣，衣服破掉了，兩隻袖子離開了她的身體，朝他裸露著未曾看過的那種幻影，是那麼刺眼，一瞬間戳傷了他的眼睛。

當然，思佳也看見他了，從此不想看見他。

第一次相信自己根本沒有病，就是那一刻。

在那緊要關頭，他懂得不應該發出任何聲音，眼睛是用來記錄，嘴巴則是用來封鎖內心的恐慌，這些他都做到了。他退回到門檻外，像是走錯一個陌生人的領域，出來時冷靜得令自己詫異，往回走上通道才逐步加快，開始試跑，中途交替著亂步，像要去跳遠，終於衝進了自己的房間。

然後他開始進行正式比賽，沒有教練和對手，房內兩牆之間變成無岸的沙床，他直接往返兩地，越走越快，毫不停緩，只可惜終點太短，碰到牆壁時砰一聲倒下，然後再站起來，再回頭衝向對面的牆，一次次重來，密集的碰撞聲如同一台怪手在半夜中搗牆。

他的鼻梁斷裂，眼眶裡灌滿了額頭傾注下來的血，慌張跑過來的母親像一團黑影，父親則張開了更大的翅膀把他圍堵起來。後來他發覺自己裹在一個黑色的世界裡，聽見車庫鐵門匆匆開啟，引擎聲怒吼著衝入雨中，路上的輪子滋滋急馳，哭聲從兩旁撤退，兩支雨刷急速地劃破黑夜。

他躺在醫院急診室裡掙扎，兩隻腳被綁在床架，有人俯身壓住他的雙手，使他只剩一個嘴巴用來吶喊，直到它完全失去了聲音。但那一刻，他的意識仍然清晰，思佳未曾離開他的腦海，還看得見她剛剛來到的第一個夜晚，揹著布包的樣子、蹲在地上的樣子、昂著臉說話的樣子，還有就是那句話，那一直讓他心疼到現在的聲音：真的要從今天晚上開始嗎？

那天晚上展開的情感，從此結束在被送去療養院的路上。

他在療養院過得非常平靜，每天在護士面前正常服藥，喝進去的水順暢地滑入咽喉，小小的藥錠還藏留在齒顎中，趁沒人注意時才啐進垃圾桶。他和院童們一起摺飛機，畫肖像，玩揑陶，第一名的獎勵是允許大聲尖叫並且接受表揚。他拿過四次各種競賽的第一名，上台時不發一語，想不通尖叫能做何用，只想早日回家見到思佳，哪怕任何時刻她已不想見他。

最後一次的測試，訓練師陪他坐在埤塘邊釣魚，重複詢問很多細節，幾乎讓他再把悲傷重述一遍。你為什麼來到這裡，為什麼不願意說話，最想見的人是誰，以後還會做出那種傷害自己的傻事嗎？

他的回答毫不含糊，用詞精準，哪怕一點點悲傷也藏得夠深。訓練師在一張表格裡填字，抬頭發現他雖然神情專注，手裡的釣竿卻文風不動任由蜻蜓粉蝶來了又走。

你有沒有發現魚正在吃餌？

正在吃，他說。

那為什麼沒有拉起來？

不想嚇到牠，也許還沒游走。

跑掉了怎麼辦？

我可以等。

那次的釣魚非常完美，魚沒有跑掉，一尾活跳跳的土鯽，拉上來時閃耀著銀黃色的魚鱗。他因此又拿到了Ａ，總計一年下來湊足了十個Ａ。院方同意讓他回家試住，臨時聯絡不到他的母親，只好派一個社工人員送他回去，這時他滿臉平靜，兩隻眼睛悄悄忍浸著喜悅的淚水。

有志替他開門，父親還沒回來，而思佳早就不在了。

不告而別。有志說。

離開多久了？

跟在你後面走的。

但是難得終於回到了家，這天晚上他已有警覺，不再來回疾走又造成那樣的傷害。他乖乖坐在自己的房間，父親回來敲門也不應聲。半夜無人時他才又跑到思佳的房間敲門，房門仍然只是虛掩，書桌和櫃子裡的東西都清空了，那祈禱用的窗口緊扣著，所有的畫面只剩後院一棵火刺木在風中搖曳。

他一夜沒睡，每分每秒更為鎮定，最後決定爬下床，開始進行一種他原本非常陌生的儀式，剪指甲。他安安靜靜地剪著指甲，不停地剪，剪得手指頭光禿禿像和尚。和尚不戴帽子，因此他也不要指甲。

他不吵不鬧，沒有發出任何聲音，血流滿地。

隔天他又被送回去療養院，這次停留較久，在他進入農校就讀前，度過了更漫長的沒有思佳的時光。

●

母親又遞來一張相親照片，這次是短髮，清秀的圓臉。

「這個是幼教老師喔，身材也不錯，你看了會喜歡。」

她把照片推到他耳邊，左右對看。有夫妻相耶，叫了起來。

手上還有一疊，排到了下個月，這圓臉的是明天。

明天約在速食店，說是對方下午都有課，只能半小時。「我跟你去，反正那裡人來人往，我坐在別桌喝飲料也好，總要看看你是怎麼和人應對的，別說我一直登廣告，而你都在應付我。」

剛剛跟她要錢，一直沒有回答。

給我一些錢。他是這麼說的。
沒多久她就把照片拿出來了。
他只好再說一次，給我錢。
這時總算說話了，「做什麼用，不要嚇我，你從來沒有要過錢。」
「所以才要。」
「多少錢？」
「去酒店的錢。」
「有紀，那天晚上你已經放棄了。」
「不算，看思佳不應該是在路邊。」
「難道進去才算，不怕她把你吃掉了。」
那時街上都是人，母親沒看清楚就指指點點，擺明是在欣賞一場悲劇，這對思佳不公平，悲劇是魔鬼造成的，沒必要讓天使跟著受罪。
何況不就是為了見到思佳才答應回來的嗎？
「我可以再回去農場。」他抗議著說。

「知道了，你現在已經學會怎麼威脅我了。酒店是什麼地方，難道要去碰釘子才知道。去就去吧，以後別怪我沒提醒，時間會改變人的，何況是她。想想看，她一個人要怎麼活下去，當然就是順著女人命，該走什麼路早就注定了，媽媽就是不想死才這樣一路苦過來，思佳更不想死吧，不然她早就死過一次了。」

細細地聽，總算聽懂了她又在暗示著那件事。

他擱下碗筷想要避開，幸好她轉換了口氣，「不要那麼急，該說的我都說完了，我現在就去拿錢，反正想要見她就得花錢了。你想清楚就好，去的是酒店，看到的已經不是同樣那個人。」

曾經朝夕相處的感情，在母親口中突然變成「那個人」。

這麼多年來他沒有一天不找她，每天寫信寄到自己的家，寄了就退，退了又寄，寄到有志終於心煩，有一天忍不住打電話到農場抗議，「拜託你不要再寄來啦，明知道她已經離開了，何必還要這樣自找麻煩。我聽說她找到一個收容單位，你那麼愛寫就寫去那裡試試嘛，不然也可以上網查。」

他照著新地址繼續寫，果真還買了一台電腦，好心的農場會計教他打字，十幾天後勉強上路，從此撞進了茫茫人海。他每天開著電腦，持續兩三年，大約等到頻頻出現當機的那幾天，總算突然跳出了一封怪信，對方沒有表明身分，直接要求他把螢幕視訊打開。

他用自己的預感開始準備，急著梳理頭髮，猛刮他連續幾天未曾打理的鬍渣，最後套上了一件白襯衫，優雅地對著鏡頭微笑，卻看不到對方的臉，畫面顯現的只是一張生日卡片，上面寫著他的姓名。

卡片移開後，露出了兩隻手，突然對著他變起魔術來。

是一條繩索，打上了死結，單手握住幾秒，死結就鬆開了。

魔術重複兩次，幾個簡單動作在無聲中進行。魔術做完，那兩隻手同時跟著消失，畫面又呈現出靜止狀態，回復到剛才的那一堵白牆。他不死心，對著白牆叫她，雖然得不到一點回應，卻終於發現了一絲動靜。那是一小綹的黑髮，遺留在螢幕的右下方，可見她還沒走開，整張臉似乎還趴在桌子上，那微微亮的髮絲在看不見的肩膀上顫抖著，像黑夜的細雨那樣地啜泣。

那是當時已經十八歲的思佳，她用那一手魔術慶祝他的生日。曇花一現的訊息，後來的日子裡都不再有，使他養成了一種習慣，隨時會轉頭瞧一眼黑色的電腦外殼，哪管它是開著或關著，也不妨礙他繼續享有一種悲哀的想像，覺得思佳就住在那個冰冷的黑殼裡面，沒有人會去干擾，這使他終於非常安心。

而且他感到欣慰又驕傲，那魔術是他從一個體育老師那裡學來的，以前經常表演給她看，沒想到消失那麼多年後，她還深深地印記在腦海。

3

他回答領檯小姐說，他沒有來過。

「對不起，那要請你稍等。」長禮服別著一朵胸花，走進裡面請來了一個媽媽桑，沙發那邊有人轉過頭來。酒店大廊像個輝煌的宮廳，舞池裡沒有人跳舞，花花亮亮的投照燈隨著音樂不停地旋轉。

媽媽桑附在他耳邊問，有認識的小姐嗎？

思佳，他這樣回答。她聽了皺著眉頭，走到櫃檯問了一些人，隨手拿起無線電四處聯絡，一邊朝他打量著。他穿著那套西裝，五月燠熱起來了，想扯下領帶時媽媽桑已經走過來。

「沒關係，我幫你打上字幕找找看，思佳嘛，你看。」

牆上的跑燈跳躍著，黃色紅色藍色的思佳一個個跑出來。

不久，無線電響起，媽媽桑講完後鬆一口氣，「唉呀，真的有耶，」然後喚來那個領檯小姐接手，一邊交代著悄悄話，然後告訴他，她不叫思佳了，在這裡叫白麗，你現在可以進去了。

舞池旁邊分布著幾條通道，他走上去的地毯是金色的，來到盡頭有個樓梯口，領檯小姐準備打開右邊的包廂時，他搶前一步掩住了把手。

這是他的門。他捨不得被人打開。整條通道只剩他一人。

他終於鼓起勇氣把門推開，空間很小，音樂正在搖滾。

有人坐在裡面了，頭髮染成紫色，兩條大腿裸到膝蓋上方，肩上披著一件小外套，看見他進來時拉起了下襬掩住唇角。

這就是思佳嗎？模糊的影像，不是很亮的燈光，使他一度愣著眼，想要和她對焦，卻找不到那個熟悉的眼神。她低著臉垂在那條外套裡，掩著一半的臉，掩不住的一半也被她的頭髮覆蓋了。

他不知道坐哪裡好，裙子短到難以靠近，緊身的黑衫從她肩上打斜，剩下一條細肩帶朝著他這邊裸露下來。音樂太大聲了。他幾乎用喊的，喊了幾聲後，總算聽見自己的聲音成形，像一隻悲傷的蚊子飛進她耳裡。

「你坐那邊。」她指著對面的沙發說。

她的聲音彷彿也變成紫色，很像那頭怪異的染髮，帶著一種沙啞。他以為這是自己的幻覺，可是當她拿起遙控器關掉了音樂，那沙啞的聲音竟然還有尾音，一樣還是沙沙的，直到他愣過半晌，小包廂才完全靜下來。

「思佳，我還認得，就是妳……。」

「明知道這不是我的名字，就不要這樣叫我。」

「沒辦法，思佳，我每天想到的就是這兩個字。」

「說別的。我只能陪你半小時，以後不要再來了。」

他抿著嘴，想哭忍住了，對她的平靜感到訝異。

「妳在這裡喝了多少酒？」

「專程來問這個的嗎，不怕說出來把你嚇壞了。」

「是不是……都沒有想過我？」

「就算有，也很自然，反正這裡沒有善良的人。」

「那就不要在這裡。」

她突然站起來，推掉一把單椅。「過來吧，我和你跳舞。」

音樂又來了，這次是慢的，像她慢慢伸出來的一隻手，舉在他目瞪口呆的半空中。他不想跳舞，不會跳舞，沒想到那隻手硬是把他拉過去，一把攬上他的腰，小小的空間難以轉身，一後退馬上碰到了桌椅。

「不要這樣，我知道妳不想和我講話。」

「現在講。」

她把臉貼在他脖子上，像要說些甜蜜的話語，這讓他惶恐又驚喜，以前不曾這樣過，一下子把他抱進迷霧中。他一直等著節拍來到某個段落，很想趕快說些話，不料她先開口了，「我知道總有一天你會走進來，那天晚上我早就看到你了，還有媽媽，你們好狼狽啊，來這裡找我竟然還要躲在路邊，都是我害的。」

「思佳，我高興得睡不著。」

「高興太早了。你應該很清楚，媽媽最苦命了，我能體諒她為什麼要帶你來，這樣是對的，她是要讓你死心，你還不懂嗎？小紀，轉個彎吧，學習去愛別人，愛一個完整的女人，所有的幻想就到今天晚上為止。我現在就是這樣了，你那麼善良，一定會饒了我。」

「妳們說的，我都聽不懂。」

「那就不說了。」

她要他脫掉鞋子，用腳尖搭上她的高跟鞋。

每當她後退一步，他這笨重的身體就又一次撞進她懷裡，他聞到的是梔子花的香味，聽到的是自己的呼吸從急促到混亂到突然感到缺氧。以前在她面前看書也曾這樣，只不過那時的距離比較遠，不像此刻沒經過想像就突然抱在眼前，這使他來不及陶醉就開始陷入驚慌，想要趕快掙脫，以免她又重複那些話，聽起來就像是在告別。

「現在你可以摸我。」

「我不想這樣。」

「手拿進來，隨便哪裡，很多客人都很喜歡。」

「我不要思佳變這樣講話。」

「就是要讓你知道，思佳早就死了，只有你活在想像裡。」

我們離開這裡，他又說了一次。
當然會離開的啊，酒店裡我算是最老的了。
那就跟我走。
小紀，再怎麼樣，我也要嫁給一個完全不知道過去的人。
我可以當作完全不知道。
可是你都知道了。

●

「哦，我再試試，真的有那麼急？」
「那麼急。」他照她的話回答。
第二晚的酒店，思佳不見他了。另一個媽媽桑把他擋下來。

「替你問過了，白麗說她已經滿檯。」

「我可以等。」

瞞著母親來的，從裁縫店的後門溜出來，衣服來不及換，農場裡那些青草味也帶進來了。他坐下來等，大廳的水晶燈照著隔夜的皮鞋，鞋子雖然沒踩到昨晚的思佳，但至少他的腳尖踩到了，同樣都在一隻腳上，溫暖的感覺是一樣的，落寞也一樣。

很多話還沒說完，每天來也不見得可以說完。他急著再來看她幾眼，裙子那麼短，衣服那麼簡單，每天露著光溜溜的胸口，多年不見變了一個人，連名字也改了，再不來多叫她幾聲，世界上沒有人這麼叫她了。

鞋面上快要滴到自己的眼淚時，一雙平底鞋突然來到腳邊，抬頭一看，挺挺地站著，不是別人，竟然是正在翻臉的思佳。紫頭髮束起了馬尾，穿一條破牛仔褲，顯然剛從邊巷的側門繞進來的，拉著他就要往外走，沒看過她這麼生氣，好像讓她覺得很丟臉。

「我請假了，陪你走回去。」

他揚著手上厚厚一疊錢，被她一抬手掃掉了，嶄新的鈔票散落在燈光下跳躍著，櫃檯那邊跑來幾個人幫忙撿，一個保全員伸過頭來探著究竟，氣氛急凍在大廳裡，這時她逕自走出門外，一個回頭都沒有。

他跟在後面，兩人直走在行道樹下，街邊很少人了，腳步聲中聽得出她的忿怒，那雙平底鞋刻意踱著一路落葉嘎嘎響。等她走了一長段，終於聽見了這樣的話，「你再來一次，我就馬上離開這裡，以後別想找得到。」

然後走得更快了，像要急著把他送走。

他想，就算一條狗，就算把牠野放到橋外橋、隧道外的隧道，聽說牠還有辦法循線走回來；那麼，上天把他禁錮這麼久，難得終於找到她了，哪有再離開她的道理，愛情哪有這種道理。

這時她突然穿過快車道，直接跳進對面那條巷子裡。那個身影看起來是那麼孤單，被他一直追隨著還那麼孤單是少見的，可見帶給她的是多麼悲哀的悲哀。他試著打消繼續跟上去的念頭，不想讓她覺得太過糾纏，卻又發覺不對，回去裁縫店就是要走這條巷子，她是怎麼知道的，母親從來沒有提起。

跟進巷子後，她才慢下來。

「就陪你到這裡了，沒必要讓媽媽看到。」

「思佳，妳什麼時候來過這裡？」

「說了有用嗎，都過去了。反正就是媽媽搬家過來那一天，我以為你會跟著來，一直等到搬家工人都撤走了，而她把鐵門全部拉下來為止。小紀，那時我還在等你，不知道療養院把你關那麼久。」

「後來為什麼不想等？」

「你怎麼知道我沒有等，等又不會死。我等了多久，不想再說了。後來有一次不是突然變魔術給你看嗎，你到底看清楚了沒有啊？那條繩子我摸索了很久，終於被我解開了死結，小紀，那是我在對你道別，因為第二天，我就進來這家酒店正式上班了。你昨天問我喝了多少酒，應該算得出來吧，生病才不喝酒，至少比一輩子的眼淚還要多。」

「我也一樣，一直在找妳……。」

「不一樣，等不到人只會難過，找不到人卻會痛苦。像你這樣拚命找，到底有什麼意義？」

「我找到了。」

「笨蛋，就已經不是原來的我了嘛。」

她停在路邊哭了起來，哭得很急，彷彿怕他不懂，兩眼都被淚水淹滿了。

他摸著口袋找衛生紙，摸到的卻是昨天用過的，沮喪得真想和她一起哭，覺得自己很沒用，連衛生紙都不如。

但他沒有死心，趕緊說出母親一直逼婚的訊息。

這件事非說不可，母親快要把他推下去了，沒有人可以把他救上來。

「我已經相親三次，後面還有好幾個，遲早會被迫下決定。」

「這樣很好啊，隨便一個都比我好。」

「真的要這樣說嗎？」

「難道你以為我聽了會傷心？」

「思佳，妳害我走上這條路……」

「嗯，我也覺得把你害慘了。」

「如果妳不阻止，我會故意挑一個最不喜歡的。」

「幾歲了賭這種氣，不如我來介紹吧，免得你又做傻事。」

語氣那麼堅定，越聽越絕望，好像真的被她拋棄了。

●

思佳有六個好友，一邀全都來，併起長桌很快就坐滿了。

他和她們喝著下午茶，一起坐在有個遮雨天井的庭園裡。每個女的都很好看，他認為至少她們作息很正常，沒有天亮才卸妝的蒼白，有的還很健談，有的雖然怕生也帶著微笑，思佳反而是其中最黯淡的，光聽別人說話也皺著眉頭，一直把手撐在下巴上難怪說不出話來。

而他成了主角，像被她們慎重邀請，問的都是農場裡的趣事。

「有那麼好玩嗎？你竟然可以在那裡超過十年。」

不好玩。他說他每天負責刷洗豬舍，放牛吃草後還要清理牛欄，雞鴨都是他自己養，其他人只管農場對外的產銷。「冬天的夜晚最可怕，宿舍裡常常只剩下我一個人，蛇吞了小雞會爬進來取暖，有時候掀開棉被就有一條。」

「你的膽子好大喲。」

他還把褲管撩高，讓她們見識膝蓋下面的那個洞，「除草的時候，牛筋繩捲起一顆碎石頭，像子彈那麼快，一下子就射穿了，動手術才拿出來。」

當他快要說到那棵火刺木時，發覺思佳並沒有認真聽，而其他人相偕拿沙拉去了。因此他停了下來。對他而言，這即將談到的最溫暖的部分，只有思佳可以和他分享。但她坐在長桌最尾端，面前擱著沉默很久的咖啡，和他相隔三個空位，除非他傾身迎靠過去，否則她聽不出那棵樹帶給他的意義。

這時坐在旁邊的心梅小姐說：「快說啊，什麼樹那麼神奇？」

「普通的椰子樹。」他說。

「是喔，剛才你的眼睛都亮了。」

「椰子樹太高，鳥不喜歡在那上面築巢。」

「那你本來是要告訴我們什麼？」

他想了想，說謊是那麼難，都怪這個人太好奇了。

「心梅是我的室友。」這時思佳遠遠地抬頭說。

喔。於是他多說了幾句，關於農場的，還說到了鴿子。「鴿舍是我自己刨木頭搭起來的，我養了十五隻鴿子，放飛的時候有些野鴿會混進來，但是不用數，我一看空中的隊形就知道多出幾隻。」

他發現每一句話心梅小姐都在聽，當其他人拿著沙拉回來擋住了視線，她還伸長了脖子聽他把後面的一段說完。這個室友讓他覺得倘若還有時間，他非常樂意再說下去。倘若室友就是最好的朋友，那麼當他說著農場生活的甘苦，當她睜著眼睛那麼的專心，他覺得自己有義務把她當成思佳。

可惜黃昏來得特別快，咖啡廳更亮了。他臨時喝上一口水，才發覺胃裡空空的，桌面上還有的點心已被清理得乾乾淨淨。他只好跟在她們後面出去攔車，一個個陸續離開後，剩下思佳陪著心梅小姐站在路邊繼續等。這時他才注意到她穿著暗藍色的裙子，印著花瓣的裙襬特別長，想必她有一雙美腿藏起來，不像思佳老把短褲當裙穿，不該裸露的都見光了。

思佳走回騎樓悄聲問他說：「不如我們去看電影……。」

他嚇一跳，很想趕快說好，卻又擔心前面的心梅小姐聽到了。

「看電影不要找別人。」

「那就不要看。」

車子來了。他發現那條長裙突然有些慌張，跨上車時差一點癱軟下去，幸好裡面的大腿很快又撐起來。思佳等她上了車，自己才鑽進了前座，然後探出車窗看著他，像要去遠行，只等著說出最後一聲再見，留他一人困惑地站在路邊。

他趕上了最後一秒，告訴司機說，我們要去看電影。

電影演的是一部法國喜劇，從頭到尾都是男主角一個人在耍寶。旁邊的心梅小姐隨著劇情笑不停，而他坐在兩個室友中間，感覺好像夾在一塊翹翹板上，另一邊顯得特別安靜，一個姿勢坐到底，不知道她是不是睡著了。

四周那麼暗。難得那麼暗，唯有那麼暗才有機會坐在她旁邊，他趁著滿堂別人的笑聲再度響起，悄悄地把手移到她的膝蓋上，沒想到很快就被她撥開了。

回家後他一直躺在床上，兩眼睜到半夜還有稀疏的淚水。在他覺得不快點入睡只會更加無望時，腦海中卻飄來了一抹花影——啊，竟然就是那個心梅小姐，她的那一條長裙忽然是那麼調皮，在那裙襬的花瓣中突兀而淘氣地眨了他一眼。

思佳說，別光看外表，心梅的心更美。

他忘了這句話是在餐廳裡哪個角落聽到的，思佳的含意是什麼，如果這是一種暗示，那麼，難道心梅小姐的腿是有點問題的嗎？恍惚的睡意突然消散了，眼前馬上浮現的是下午看到的那雙長腿，思佳和她站在一起算是矮的，兩人一前一後上車時卻又顛倒過來，包括看電影也是，思佳一直照顧著她，彷彿已經拋開自己的不幸，找到了在這世上更需要她同情的知音。

這麼幸福的心梅小姐……

他後來雖然睡著了，一個怪異的夢境卻在天亮後閃入腦海。他夢見一台空空的輪椅在家裡的客廳自轉，爬上階梯又自動繞下來。空無一人的輪椅還會說話，先划到廚房打開冰箱，喝水的聲音咕嚕咕嚕響，喝完後便開始喊著他了——有紀，有紀，時間到囉，快來把我推到公園曬太陽啊。

●

母親正在裁布，嘶一聲劃過了空氣，聽得出她今天的好心情。

他來到樓下時，果然發現那臉上還有笑意，店裡並沒有其他人，她的樣子像在說話，面對著眼前那塊布，拿起又放下，反覆幾眼瞧了又瞧。然後攤開一件洋裝說：「看這個腰身，那麼瘦，還說要改小。」

以為母親只是喃喃自語，他悵悵然望著門外的巷子，沒想到她接著是這麼說的，「剛才你還在睡覺，來了一個新客人，說要改衣服，我替她量腰身，兩手舉到一半就哭了。其實就算她不哭，我也認得出來，從巷子裡走進來就注意到了，大概就是拿著包袱剛到我們家那時候的模樣，下嘴唇有點外翻，楚楚可憐的，不就是思佳嗎？」

他靜靜聽，不敢驚擾，彷彿人還沒走，怕她嚇跑了。

母親繼續說：「真不敢相信，還是那麼貼心，只是看一場電影就親自跑來跟我報備，那麼多年不見，竟然就為了這個，越想越不忍心。有紀，難怪你那麼堅持，愛她是對的，要不是發生那種事，誰都想要加倍疼疼她。」

眼眶裡熱起來，第一次聽見了母親對她的讚美。

如果不睡到中午，或許剛才也能遇見她。

然而昨晚的電影院，兩人就算緊靠著，卻已經是那麼遙遠了。

「改了會走樣的，有紀，我們不如做一件新洋裝送給她。」

「不如讓她回來，再做一次妳的女兒。」

「她怎麼願意，何況以後三個人不是很尷尬嗎？」

「只要她願意回來，我可以馬上離開。」

「又在嚇我了，又要回農場了，明知道我不放心……」

「農場開著大門，我也不去了。」

「那你想去哪裡？媽媽聽不懂。」

他自己也不懂。昨天以前還沒有這樣的想法——

他已經找到一種能夠深愛著思佳的方法，而且永遠不再失去她。是在天亮前決定的。

他唯一不解的是後來出現的那個怪夢，是那麼突兀地勾起了從他五歲就有的寂寞感，使他在突然驚醒的那一刻，發覺自己的嘴巴竟然是張開著的。爸爸。爸爸。爸爸。他在自己的叫聲中醒來，滿臉都是淚水，聽見的並不是無情的單音，也不像念經那樣的連續音，而是那麼清晰的一聲聲吶喊，心碎卻又強悍，從天花板反彈回來時還聽得見淒涼的抖音。

4

開一家樹苗店的想法，他又說了一遍。

鋪子不用大，三面牆都釘上我自己做的層板，只要擺滿一些小盆藝就很好看了，店鋪中間再放一個工作檯，可以用來當作示範教學，客人如果想要不同品味的盆栽就當場做，而且每天早上我還可以在門口賣花……

「去批發市場切花比較麻煩，天還沒亮就要出門。」

「我可以陪你去。」心梅小姐說。

「為什麼要答應那麼快，妳可以說，我想想看……」

「有夢想就不要多想，我喜歡說到就會做到的人。」

「但是妳別以為我不會變心，思佳很愛我，但我現在變心了。」

「我知道呀，不然我們怎麼有機會坐在這裡。」

午後三點的公車上，前面唯一的乘客下車後，他輕快地繼續說：「如果分到財產，錢多到隨便亂花也用不完，妳想那時候樹苗店還在嗎？」

「只要還有理想就會在。」

「妳總要說一些自己的意見。」

「意見喔，你那天不應該騙我說那棵樹叫椰子樹。」

「只有那棵樹我才會騙妳。」

「其他都不會嗎？」

「不會，而且我想趁現在說清楚，我決定要放棄那些鳥財產。」

「不要也很好呀，我們要的又不是錢。」

「但是如果我們很窮，那時妳不會離開我嗎？」

「那還不如現在就離開。」

啊，是那麼強烈的一種情緒，突然把他哽住了。

光是這樣就覺得應該好好愛她，何況愛著她就是愛著思佳。

他們下車時，看見醫院的建築物雄峙在馬路的另一邊，他走在前面，一會兒回過頭來等她，兩個人慢慢來到斑馬線上。路口起了風，裙子飄起來，他想幫她壓住裙襬，聽見她說：「它很重，不怕翻起來啦，每次我都會順著風向和裙子一起旋轉，好像在路上跳舞。」

小腿倒是被他看到了，只有一隻瘦了點，還能穿著花俏的平底鞋。

走進了醫院大廳時，換他開始忐忑不安。

看著滿載的電梯上去又下來，他緊捏著手指走來走去，走回來時告訴她，「如果妳不反對，其實可以試試看，喊他一聲爸爸。」

「我不敢，這樣太快了。」

「反正他聽不見。」

「那為什麼要喊？」

「替我喊，用我的名字喊，喊他一大聲。」

他繼續繞著走，小小的廳間越來越小，電梯還在半空中。

「雖然是來看他，但妳要知道，我根本不喜歡他。」

「那我應該怎麼做？」

「當然也要跟我一樣不喜歡。」

走了一半又停住，「我甚至討厭看到他。」

「好吧，我也跟著討厭。」

「而且——要非常討厭。」他悲哀地叫著。

「可是，你看起來……好像急著想要見他呀。」

電梯下來了。他護著裙子擠進去，門在背後關起來。

戴美樂小姐的婚禮

她有一種非常細微的直覺，一個昏睡的病人不見得有，但因為是夫妻，才有黑暗中那種熟悉，眼皮微跳著，像針那樣刺，應該是醒來了。

1

我們正在討論名字，每個女孩都有一個出場的名字。我拿出筆記裡的名單讓她選，有星號的可以使用，沒有星號的表示這個人還沒退出。

她說，不能使用自己的名字嗎？這就又把我愣住了。

從她進門到現在不到半小時，我還迷惑在五里霧中，很難相信她真的是來應徵，人長得算是普通漂亮，要說氣質也只是含苞待放而已，可是那張臉就是看起來無辜，好像沒做錯事卻被推了進來。

連本名都不忌諱，那還得了。以前有個小姐就用本名，本來相安無事，一被逮到根本來不及閃躲，親戚友人馬上從電腦中曝光，最後當然連累到我，花了多少時間才慢慢擺平。

當然我也不能嚇她，最好以後都沒事，選個藝名只為方便，不然現代父母都自認有學問，命名都找最難的字，念起來只好有邊讀邊。我從沒聽過客人讚賞誰的名字好聽，有個代號就好了，要買要賣又不是為了靈魂。

光解釋藝名的好處就花掉了十分鐘。

「我回去想一想。」她說。看來不用本名好像很讓她為難。

接下來當然就是和她討論價錢。開價是一門學問，客人對普通價錢最難取捨，貴不算貴，便宜又不便宜，很難用想像力去判斷東西好壞，不比豬攤買肉，任何部位都有傳統認定的公道價錢。最便宜的反而沒話說，有些人就是不挑嘴，一砲歸一砲，就算吃了肉虧也會覺得沾了便宜。

最貴的我反而比較喜歡，這也是做這行業僅有的尊嚴，向客人獻寶之前難免都要先標榜，我唯一的優點也就這時候展現，通常會以自己的人生難以企求的那種高度，針對旗下這些夢幻女郎吹噓一番，然後流露出一股淡淡的失落感。有錢的客人都信這一套，他三杯下肚正好一股酒勁送到丹田，這時一個男人如果不想作為一個男人，我真不知道他穿著西裝偷雞摸狗究竟所為何來。

我向這位戴美樂小姐伸出了兩根指頭。

她勾著臉看，一頭長髮跟著瀉下來，一半遮住了眼睛，像捉迷藏那樣躲起來睇著餘光。真嫵媚，不像只是一張素淨的臉，應該是哪個天使借她那樣柔亮的眼睛。但我伸出這兩根手指頭也算夠豪爽的了，不然她的臉蛋頂多只值八千，功夫再好也是床後事，客人都是邊吃飯邊挑臉，酒席燈光亮閃閃，一粒雀斑少說也要被扣掉五千元。

「兩萬？這麼多呀。」她把頭髮攏回去，兩腿交叉掛起來。

我是怕她拒絕才這樣豪賭，沒想到她好像嫌多呢，果然還是涉世不深的女孩，不知道女人的身價其實有點像捏陶，同樣都用一雙手，有人捏個小陶瓶就賣到十萬，有人燒一大缸水盤就是只能喊價幾千。

身價是塑造出來的，像她就有這種料，沒有脂粉味就有很大的想像空間。而且聲音好聽，不，是真的非常好聽，很像四十年前母親哄我入睡的聲音，一種壓低後的嘹亮，輕柔的細吟吟的鈴子一般，越聽越遙遠，身體會慢慢浮起來，然後在一縷縷的暖風中慢慢飄蕩。

當然，做這行業不能感情用事，何況我也吃過了大虧。以前有個女神來應徵，說有多漂亮白費唇舌，整形美女都沒得比，那臉蛋就像印在海報上，不然就是上輩子燒香才會來到我夢中。我看了傻眼，以為她走錯了房間，坐下來一雙白腿遮到胸前，還得斜放下來才不擋住她嬌嬈的身腰。只能說，她的身體就是一幅美景。我當下想到的就是那個期貨蔡，為了滿足他的規格，我尋遍各地美女佳麗，沒想到她這一瞬間正從畫裡走了出來。那我還有什麼話說呢，自然就略過她的身體看都不看了，直接要她留下電話等我通知。臨走前，她說想要借支十萬應應急，爸爸媽媽還有妹妹一家四口都病了。那是當然的啊，不急才怪，不然一個女神會來眷顧我這種破落地方嗎？

結果那期貨蔡透過保鏢來電痛罵，說她一對大奶像廢廟裡的兩盞宮燈在風中飄搖，肚臍就像一圈圈的颱風眼，接下去譙得口水都啐光了：幹你娘，伊是啥米小……。

有了那樣的教訓，別說給她兩萬值不值，就算免費送客人當作歲暮酬賓，起碼我們業內的一道法則還是要履行到底。也就是說她要先把衣服脫下來檢查，免得有些天生的敗筆藏在哪裡都不知道，何況一般都是先驗貨才談錢，像我這樣顛倒程序的其實已經不多了。

可是，我要怎麼開口，吃這口飯快將五年了，沒碰過這麼棘手的情境，都怪她渾身這樣白細，真像一尊碰不得的玉觀音，隨便一摸說不定就會把她褻瀆了。

「那麼，美樂小姐，既然我們談好了，那可不可以……」

「嗨，我在聽。」

「那就麻煩妳，我只看上面就好。」用說的實在難，我扯著上衣比畫出那種樣子。

「是現在嗎，你是說現在我要把衣服脫掉嗎？」

「不好意思，如果妳不介意……。」

「我本來就是要來給你看的呀。」還沒說完，她竟然已經站了起來。

戴美樂小姐非常堅持。

我挑了兩個名字給她決定，一個叫紗美，一個是凝花。

然後勸著她：妳看多有神祕感，又好聽，不喜歡再換回來。

我喜歡真實一點，她在電話中說。

反正我也盡力了，好像哄她上學，臨出門最怕這種生手突然反悔。

餐宴訂在飯店二樓，這次邀集的大多是鞋業同好，六個塔頂人物圍坐著半個桌面，另外半桌則坐滿我的小姐。男半女半還是目前最好的坐式，畢竟誰搭誰都還沒有譜，一開始如果男女男女男女這樣配對，中途想要換人那就變得有點尷尬了。何況男人總有一些惡習，席間偷吃隔壁豆腐在所難免，就怕有人免費搓完後就不想再花錢。各分兩邊還有好處，讓他們坐在一起反有學生時代的那種調皮的快感，欺負人只能用眼睛，看久了自然就會開始說些葷話冶蕩起來。眼睛吃豆腐，吃不到只好淫淫地狎笑，然後就會有人帶頭起鬨，互相禮讓又像彼此推卸，其實心裡早就看準了今晚哪個小姐和他春宵。

戴美樂小姐既然是第一天出場，我就安排她最後一個進來，給她兩百塊坐在樓下喝杯咖啡等待。眾星拱月都要這樣，男人看棒球最知道眉角，重要投手出場時，教練都嘛站在投手板上等他，那幾秒鐘的奧妙其實就是為了迎接全場的注目和掌聲，這種伎倆對誰都有利，明星不這樣姍姍來遲還有什麼狗屁高潮可言。

所以，我就先介紹旁邊的五個妞。這種場面類似聯誼會，太莊重有點假，太過輕佻也賣不到好價錢，要剛好，叫什麼名字呀，哪裡人呀，平常喜歡做些什麼消遣呀之類的。我說完後她們就要自行發揮了，裝可憐沒關係，想讓自己矜持得閉月羞花也可以，各憑本事的時候就要看準目標，別說對面已經有人悄悄瞅著來，自己還瞟著一雙盲目的電眼到處亂飛，那不就變成了蒼蠅嗎？

說到哪裡了。何董我敬你，我打電話去的時候好緊張。

周董我也敬你，上個月有找你喔，祕書說你去了西班牙。

來，妳們也要敬酒，寒梅妳先來，右邊這一位是郭大哥。

菜都上了，美樂小姐當然還沒進來。這時我向他們告退，拿著手機喂喂喂地跑出包廂。其實來到挑空的走道旁就看到她了，還在樓下大廳的咖啡角落枯坐著，拿著一本雜誌吧，若不是那一副掉進了深淵的可憐樣，我還不見得馬上認出來。

我也懶得爬下樓了，手機還是好用的，她嗯嗯兩聲後果然抬起臉看著我。等她走去櫃檯買單時，我才想起還不知道今晚她這朵花要落在誰家。一般都是誰表態誰先來，可是又很難說，有時客人滿意但是女孩不領情，臨時拿喬的也常常有，嫌對方豬胖子，不然就是背後嘔著小動作給我看，受不了那些猥褻的嘴臉。是沒錯，有錢的大多就是這種人，但天底下還有什麼錢是好賺的，那些毛手毛腳別說黃花閨女討厭，連我這種人看了都非常噁心。

所以我就擔憂著了，戴美樂可是今天晚上的高潮，電話通知客人時我說得天花亂墜，他們就是衝著這種新鮮感來，萬一她看了都不滿意，恐怕這些主顧以後連我的電話都不接了。

我帶著她準備走進包廂時，臨時決定讓她掩在門燈外等待。裡面已經飄著鶯聲燕語，我推開門暫不作聲，只等他們轉過頭來，果然這時一室寂悄，於是我就對著灰暗的門廊說話了：害什麼羞，不會把妳吃掉啦，快進來吧。

美樂便就這樣兩手捏著皮包露出了身影，斜身低著頭，羞羞躲在我背後，然後用她的側肩走路，貓一樣的靈敏安靜，跟著我來到位子旁坐下時，臉孔稍稍提起三分，剛好對準了桌上那隻龍蝦凸出來的眼睛。

桌間這才又慢慢熱起了快要熄掉的餘溫，只是那種輕佻的、貪些小便宜的話語都噤下來了，剎那間空氣有點稀薄，幾個金字塔喉嚨嘎嘎兩聲後幾乎失去了尾音。這時和我較熟的許常董總算突破了這種困境，他乾吞著空氣說：

「啊，我們都在等妳喔，叫什麼名字……？」

「戴美樂。」她驕傲地說。

如果聽我的話，叫紗美或者叫凝花，多好，這種氣氛。

一夥人果然愣住了，忽然跑來一個鄰居似的那種錯愕。

「來，妳先吃幾口菜，再罰妳每位大哥乾一杯。」

許常董說完，她靠過來咬我耳朵說：剛才吃過一塊麵包了呀。

「唉唷，妳還需要減肥嗎？」我只好這樣幫腔造勢了，除了隨口漫應給大家聽，還夾了菜送到她盤子裡。這時我已聞得出來，他們幾乎用著軟弱的氣息等待著，幾個姊妹替她取杯斟酒，一大葩水晶燈照著她筷子上黑毛毛的刺參，彷彿一萬人正在等著她何時張開水潤潤的嘴巴。

這時我就應該換個頻道說話了，場上的氣氛既已成形，再來就看他們怎麼尋找失落的心靈，我點到為止就好，這才看得出穿針引線是多重要的藝術，不然為什麼很多門道都講求一種拿捏的功夫。

在這春色無邊的垂涎時刻，我只有講起笑話來了，說有個老婦人初次看到Ａ片，發現那男的一直把頭埋在女方腿股上，她還沒看完馬上當場大罵：死老頭，從來沒有聽你說過男人可以這樣……。

沒有人在聽。這樣也好，再上一道菜大概就能配對了。我塞了今晚第一口菜，突然發現一個台商從他鄰座的背後朝我圈著手指，呵，終於有人來探價了。可惜啊，怎麼會是他？一雙三角眼，鼻子像顆搗過的大蒜頭，臉上的皮肉更像麻子般糟糟的，本來是要安排寒梅來做他，沒想他這樣點錯了鴛鴦。

我不知道美樂小姐的容忍極限可到哪裡，如果是看在錢的份上呢？我只好臨時把心一橫，五根手指頭全都對他張開了。為了避免風險，這樣以價制量也是個好辦法，他要嫌貴也無所謂，反正和他也不熟，許常董帶來的，男人要長成這樣應該去逛花街柳巷，來這種高檔飯店不怕鏡子太多嗎？

萬萬沒想到，他又朝我打出了ＯＫ手勢不打緊，手掌合起來後甚至翹起了大拇指，好像和我捺印簽了約那般。真要急死我了。這不是找我麻煩嗎，真想告訴他，這已經不是錢的問題好不好，是美樂小姐一輩子的噩夢啊……。

我悄悄看著她的側臉，她和姓郭的正在回敬著應酬話。此刻真想推推她的大腿看要怎麼決定，卻又怕她敏感地尖叫起來，裙子那麼短，白白白白一條絲襪都沒穿。照理說這種場面應該洋裝，起碼一件長裙還像個淑女樣，不然也要掩到膝蓋吧，鄉下來的不會這麼大膽，卻又不像混過街頭深諳一些人性的道理。坦白說這太讓我困擾了，是要繼續等其他五人來搶這炷頭香呢，還是隨便答應這個三角眼？白費我說她是第一夜的下海，沒想到這麼隨便就要交給這種貨色來糟蹋。

兩萬是我和美樂小姐的約定，突然漲到五萬當然好，可是我和她還談不上默契那種程度，到底她要看人還是看錢，隨我說了算嗎，出了這包廂可就叫天不應了。

沒想到這時許常董舉起了酒杯說：「來，今天晚上壽星最大，我們敬這位廈門回來的新同學，依照慣例由你先挑一個小姐喔，生日快樂。」

啊，竟然就是他。這下夠明白了，難怪其他人一直忍著沒表態。

六杯紅酒晃在半空中，小姐們陸續跟上了，美樂小姐學著人家搖酒杯，閒著沒事那種天真，還傻笑著呢，好像這個災難和她無關。

「那我就和這位戴小姐……」三角眼果然吭聲了。

其他五個本來憋著悶氣，這下總算訕訕地咕噥起來。

被點到名的美樂小姐，雖然還是一派天真，眼皮倒是眨了好幾下，顯然是愣住了。其他人拍著軟弱的掌聲，只等她親口回應。來到這種臨界點，一般女性應該還有天生的嗲功可用，稍稍耍點賴皮說不定也就混過去了。

我只能說她未免太過堅強，兩片唇雖然抿著一股愁苦，卻又不願作聲，空杯還舉在手上，看也不看我一眼，突然就把嘴裡那口殘酒吞了進去。

可是當我把其他五個人的配對弄妥，一個個送他們成雙成對離開了飯店——這時的美樂小姐，她緩緩爬進三角眼的車廂，突然回頭看我一眼，在那模糊的夜色中好像泛著一瞬而去的淚光。

●

後來就出事了。

客人既然是許常董介紹來的，當然就由他打電話來痛罵，說著三角眼整個晚上多委屈，子彈都上膛了，美樂小姐還包著浴巾坐在床上哭不停。

「他媽的人家昨晚壽星，你的小姐是來哭墓的喔？」

「後來做了沒有？」

「樓下打電話來催房，浴巾還黏在身上，你說做了沒有。」

「實在對不起，我有強調她是第一次……，」

電話把我掛斷了。

難怪美樂一直沒消息，我以為她拿到錢後獨吞了。

照理說事成之後小姐們都會主動找我分帳，七是七，三是三，沒有一個會賴皮。至於客人有所抱怨都是難免，有的嫌狐臭，有的說姿勢不配合，有的怪罪沒情沒調盯著手錶趕時間，我再叮嚀也不能拿著鞭子守在旁邊。這行業難搞就在這裡，被打槍還要記錄下來，免得同批客人下次又弄成一桌。有錢人雖然容易起色心，眼睛還是雪亮的，哪個女人給他壞印象永遠都記得。像美樂小姐這種從頭到尾沒做的，倒是第一次，一般都是願意接受才出門，兩塊磁鐵吸到終場自然就可以拆開了，哪有這樣哭的，不是洗過澡了嗎，不想賺錢幹麼還要洗，除非還有什麼不得了的難言之隱。

我打電話找她，三次都關機，那就沒什麼好說的了，早就看出她不像，這種事怎麼勉強，再下去連我的口碑都遭殃，只好從資料中把她刪掉了。

每個人都有自己的苦楚吧，我也不是一出生就注定幹這行，要躲警察又要顧慮家人的名聲，年輕時若早知道會這樣，乾脆報考情報局當個小間諜還比較好聽。人家問我職業，都說做腳踏車。整台腳踏車嗎？沒有啦，做零件。哪一種零件？腳踏車的椅墊。椅墊好做嗎？幹他媽這就白目了，難道我連椅墊都不配嗎？

本來做得很順手，外銷工廠怕我的椅墊流到別家，還乾脆用合約綁下來，從此我就專門供應他們這一家。那時要錢有錢，女兒也念了高中，妻子和我雖然還有感情上的冷漠，起碼我還像個男人，就算需要冷戰還能處在默不吭聲的一方。我哪知道一個小小的椅墊會被告上美國法院，外銷工廠被求償，責任全都推給我，前面的貨款扣著不給，正在趕工的椅墊也全都不認帳，光是這樣就把我搞垮了。

我這輩子從未得罪人，怎麼會牽扯到一個墨西哥裔的移民女孩。她是怎麼騎車的，別人都沒事，她卻說胯下一片紅腫，法官問她椅墊和胯下有什麼關連，她辯稱鼠蹊部先出疹子，隔天就開始蔓延。這怎麼說呢，我懷疑她本來就有什麼舊患，不然就是騎車時喜歡屁股懸空趕路，坐下來時單邊先著位，施力點不平衡，重複久了當然就有可能摩擦刮傷。那時我真想趕飛機過去看看她的傷口，一定不是鼠蹊兩邊都有，可是房子工廠都被查封了，還有心情去看一個墨西哥女孩的屁股嗎？

許常董把我臭罵一頓後，半個月過去了，我正煩惱著物色不到新人，戴美樂小姐卻又突然來電，無疑是來求救的，開口就問下次的飯局什麼時間，自己惹的麻煩卻一字不提，也聽不出她有什麼歉意，我也就裝作沒事般聽著那還是很好聽的聲音。

坦白說那是一種好感，平常我並不太關心誰做誰不做，唯獨她這女孩帶給我一種莫名的歡喜。這樣說也不太對。如果要把她拿去賣人，不就是把喜歡的人送到別人懷抱裡？可見這種歡喜不是那種歡喜，畢竟每個人都該有自知之明，既然同吃一種飯，天底下哪有龜公喜歡一個神女的道理。

既然她缺錢想要回頭，我只好答應儘早安排。可是問題來了，臨時約個半桌人並不那麼簡單，客人們自有門路，也有人是不再那麼相信我了，除非臨時找來一票什麼豔星，否則就算吹鑼打鼓也賣不出同樣的老面孔。

後來我只好採取單兵策略，安排一個企業大老和她面對面進行燭光晚餐。那種小方桌剛好讓我坐在他們兩邊，看起來真像阿公阿爸和孫女三口人的小團圓，我的本分就是幫忙起頭帶話，聊得起來當然就是自行告退之時。

氣氛還算融洽，這個大老雖老，幸好還有兩隻不安分的眼睛，開爐起灶若缺了這種火苗，難保這老傢伙不會盹在幽幽的燭光中。我一直注意著美樂的表情，食欲真好，每支刀叉都用上了，我雖懷疑她是在掩飾著不安和羞赧，起碼還願意吃，有些小姐就算空著肚子還覺得噁心。因此，空著肚子的其實是我，喝完一杯水只好準備離開了，起身時終究是有些不捨，便附在老頭耳邊悄悄說：這位美樂小姐是第一次，老董你就多給我們一點疼惜喔。

他正在嚼著一口牛排，嘴角滿溢著安格斯三分熟的粉紅湯汁，兩個眼球瞬間對著我，這我就應該知趣了，只好踏著沉重的腳步離開了西餐廳。

隔天一早她就拿錢來了，把我那一份包在信封裡，還用漿糊黏起來。她穿著連身休閒服，說是晨跑順便帶來的，還真的出汗了，綁著馬尾露出了冰融雪白的頸子，看起來好像幾顆露珠滴在她領口上碎掉了。

「你拆開呀，不用點點看嗎？」

「放著就好，要不要倒一杯水給妳？」

她抬手抹著額上的汗，點著頭。

然後自語著說：嗯，這樣你就不會對我失望了。

●

美樂小姐還是帶來了麻煩。

連續幾個月，我邀約的飯局每次都找她，高興來就來，有時答應了卻又反悔。人數本來算準準，便就突然多出蘿蔔少掉一個坑，好心情把我打亂不打緊，主角不登台簡直沒戲唱，席間眾客剔牙等待，氣氛演變到即將收攤那種意興闌珊，其他小姐只能閒著乾瞪眼，最後總有幾個沒有帶出場。

餐費酒錢都是我付的，說好聽是經紀人兼包場，表面看起來好賺，像這種槓龜場面可說都在吃老本。小姐們紛紛求去，有錢的大爺更不領情，本來酒席每週一次，逐漸潦落到三催四請不見得可以成局。

剩下的小姐便就開始起鬨了，說我偏心戴美樂，貢獻度沒她們好，寵了她活該害到我自己。說的都是實話，我也不懂自己為什麼這樣堅持。

「那妳們認為我應該怎麼做？」

「輪流做主角嘛，你會製造氣氛，還怕我們沒有身價。」

「哪個客人沒和妳們吃過飯，還有新鮮感嗎？」

「那就要開發新客源啊，不然我們要找別人了。」

說的不是沒道理，金字塔人物不夠多，生意也就越來越難做。椅墊工廠倒閉後，朋友看到我就像看到鬼，反而以前應酬認識的酒店媽媽桑講義氣，喝她幾杯不拿錢，還給我出主意，撥了幾個小姐讓我應急開張，才有今天要死不活的這局面。可惜，她偷渡給我的那些大戶資料都用完了，男人有錢歸有錢，最遺憾還是精蟲再生能力越來越疲乏，搜刮乾淨後大約只剩一條尿道和膀胱。

開發新客源？嗯，說來容易，這種鳥事可以大肆宣傳嗎？以前有個球場經理還能幫我牽線，中風後也就斷訊了。年初一個台商朋友引介了自由行的陸客團，我還親自跑到入境大廳舉著三角旗把人接過來，飯店酒席也擺好了，小姐們個個穿旗袍，那場面多莊嚴，把我一下子弄成了賣國賊。席間本來吃得有說有笑，酒也大口喝，半筵過後，氣氛好到整個包廂春意蕩然，眼看就可以配對了，萬沒想到這幫人竟然開始集體喊價，喧喧嚷嚷當著小姐面前把我砍到三折。幹他媽土匪也不會這樣，別說小姐們多傷心，光那桌酒錢我就倒賠了，我當場悻悻然走出了包廂，像隻傷痛的鼠爸爸帶著她們拐進飯店後方的暗巷裡。

美樂三番兩次放鴿子，我只好把她降格當配角。為了安撫人心，寒梅回鍋扮起小旦，她的相貌其實姣好，加上大概受到長期冷落，一上檯面使出來的嗲功果然諂媚得驚人。另外還有一個秋姬也在隨時待命中，治裝費花了一大筆，說要等到行情看漲後一夜賺回來。

接著我就開始登報了，躲在人間暗處的分類廣告小角落。

真心邀請，絕代佳麗望穿秋水，非誠勿試，請速電 02-2228-xxxx。

踏破鐵鞋無覓處，萬金難買處女尋，真心誠意請電 02-2234-xxxx。

別再猶豫，佳偶配對完美成雙，只限今日，速來電 02-2238-xxxx。

狗急跳牆才做這種小字團，來電時根本看不到對方，只好豎起耳朵聽聲辨人，言語粗俗的免談，語氣閃爍的都把他歸類為警方，錯殺一百後剩下來的寥寥可數，我只好把她們分散，直接帶人遊走速食店和咖啡廳，雙方合意就牽手，賣一個算一個。她們反而覺得這種效率更好，難堪的卻是我，好歹擺著筵席像個小企業，流落到街頭不就像在路邊攤賣魚翅嗎？

沒想到後來終於來了一場大宴。

一個帶頭者打電話來探路，說是剛從柬埔寨投資回國的懇親團。水還是家鄉甜，他這句話讓我失去了戒心。我緊急訂下大包廂開了兩桌，所有的小姐停止休假，還規定戴美樂千萬千萬不能不來，我答應她隨人敬酒就好，這次讓莉莉當主角，順便慶祝她二十七歲生日剛過沒幾天。

黃昏時客人陸續進來，每個卻都是橫眉豎目的來勢，初時我還以為大老闆總有開路保鏢，沒想到快要坐滿時竟然全桌都是保鏢。我正想請問他們和我通電話的是哪位，原來就是最後一個，終於進來了，塊頭更大，右上臂刺著一條青龍頭，趴在花襯衫的袖口上那種要飛不飛的盤旋狀。

他站定後把小姐們打量了一遍，嗓子渾厚低沉，兩眼對著我射出森森的刺光。「喂，現在我可以相信你了，廣告真的沒有騙人，我們今天就是來吃慶功宴的。兄弟們，喝醉沒關係，反正天亮前還可以辦事，來，先乾。」

酒過一巡，他突然開始駁斥男女各一邊的楚河漢界，要求她們按雙入座，然後吹哨子般把那些保鏢臉分散到每個小姐旁邊。我來不及阻止了，雌雄依序就位，沒多久果然戰亂四起，前桌頻頻響起偷雞摸狗的慘叫聲，後桌的小姐像排大會舞那樣躲著魔爪一面倒，若不是燈光燦爛，上身早就被他們扒光了。

美樂在哪裡？我仔細找，好死不死被那老大勾在身邊。要不是幹這行，簡直應該要打電話叫警察了。

我不斷使眼色給莉莉，她這女主角顯然失職，照理說擒賊要擒王，美樂那位子應該是她坐的，竟然趁勢不對馬上溜到了邊桌。我不是窮緊張，美樂她不見得懂事，說錯話怎麼辦，服侍不周怎麼辦，坐不下去怎麼辦，那頭青龍想必連身刺到胸口，這種壯漢怎麼對待一個弱女子，想也知道會把她蹂躪一整夜。

我知道遇到大麻煩了。這種凶神惡煞花錢不眨眼，但就是看起來刺眼，只怕在座的小姐還沒做就嚇破膽。當初有的是祕書轉行，也有良家婦女出身的啊，願意跟著我都是因為信賴，知道我最挑客人，金字塔人物比較好辦事，偷偷來悄悄走，聽說脫褲子的時候都還會害羞。這回可是糟透了，宴主本來是我，局面卻被他們控制，要鬧到何時不知道，我唯一能做的就是阻止，但如何阻止得了。

酒過三巡，混亂場面出現了變化，相偕跑去洗手間的小姐沒再回來，還在位上的紛紛拎著皮包伺機奔逃。我趁亂舉起酒杯和他們哈啦，這時終於有個傢伙吆喊起來，「是下班了嗎，幹，跑掉一半了。」

來不及跑的小姐苦望著我，旁邊那桌還沒逃掉的竟然就是美樂，整晚她被那條青龍勾著腋窩，不知吃了多少暗虧，卻看起來好端端的，仍然靜靜地坐在那裡，彷彿準備赴死，像第一夜不知天高地厚那種蠢樣子。

這時那隻龍爪總算縮回去，往桌上重重一拍，然後走過來欺身到我面前，「幹你娘，你說清楚發生了什麼事？」

「小姐可能有事必須趕回家。」

一拳搥上來，接著提起我的脖子離地兩尺，像舉重比賽前那種蠅量級的小熱身。我被他舉在空中只剩兩隻眼睛還靈活，便就用我此生最惡毒或最恐怖的目光狠狠地瞪著戴美樂，她這才會意過來，抓著小外套悄悄起身準備逃。

我的脖子被放下來時，美樂總算跑掉了。

青龍老大眼睛一掠，整張臉沉下來，回到主位坐下來時，兩個拳頭包起來放在桌上，一夥人就像臨時收兵歸營，紛紛站回到他左右兩邊。這時他終於說話了，「我現在數到十，不想留下來的趕快給我滾開。」

寒梅、倩倩幾個相互推擠，像戰俘一樣先後走了出去。

大包廂裡，十來個大漢看著我，忽然完全沒有了聲音。

這時他清清喉嚨，「兄弟們，你們說說看，現在要怎樣？」

其中一個推推我，「把老大旁邊的小姐叫回來，我們就放過你。」

「現在就打電話。」另一個說。

應該是要賠罪的時候了。跪下來，或淚流滿面，但有用嗎？

有人掏出了一把摺疊刀，打直後遞到另一個人手裡。

「老大，看他是要剁掉一根手指，還是等他把人叫回來。」

「那不是太便宜了？好吧，你現在問他。」

燈太亮了。

過年前的冬天，沒有安排飯局的下午，我窩在應徵用的工作室看著報紙，寒梅突然打電話來，說她剛從百貨公司路過，想到一件事必須和我深談，約我到一家飯店附設的露天啤酒廣場等她。

我去到那裡時，黃昏將盡，模糊的霞光映著一群人的身影，走近一看才發現原來她們都來了，一個個卸去了宴會的晚妝，看到我的時候吱吱喳喳笑鬧起來。

「今天晚上我們請你吃尾牙啦。」寒梅說。

「然後……，」秋姬神祕地眨著眼睛，「還有一個餘興節目喲。」

「唉呀，別那麼快告訴他。」鄰座的齊聲阻止，卻又笑個不停。

桌上擺著長長的火爐，幾支雞翅類的串燒烤得快熟了，服務生陸續又送來一盤盤熱炒，一鍋熱騰騰的羊肉爐同時上了桌。

庭園裡撐著大傘擋不下來的風，穿透傘面後咻咻颼過了樹梢，樹底下空無一人的泳池吹盪著灰暗的波光。她們拉著我坐進長桌的中間，一個個舉起生啤酒的高杯，我跟著她們仰飲的瞬間，才發現美樂靜悄悄坐在桌尾，穿著一件毛料的短袖，輕沾一口後瑟縮在旁座的側影裡。

笑鬧聲又滾盪著了，每張嘴橫著一支串燒還能說話，彼此間甚至頻頻勸起酒來。平常的聚會都是正襟危坐的包廂，一個個等著客人點名，私底下這種輕鬆場面可說從來就沒有。每年我請她們吃飯都挑在尾牙後接近除夕的日子，一來為了送舊迎新，其實也有著圍爐吃年夜飯的意思，春節期間有人是無處可去的，聽說好幾個連鄉下老家都沒有。

我說：「今晚當然就讓我請客，妳們只管把桌上的菜叫滿。」

她們都叫我社長。社長，社長……，此起彼落的社長。「社長，誰不知道這個年你最難過，哪有心情安排我們吃尾牙，大家都說好了，要幫社長去霉運的嘛。」

有人離座又回來，原來悄悄跑出去買了兩瓶高粱，倒滿了十幾個小杯，一齊喝乾後倒懸起來，美樂這就逃不掉了，最後一個喝完。笑鬧中沒有她的聲音，那種沒有聲音的聲音反而最清晰，然而我也只能默默看在眼裡。

高粱喝到第二瓶，有人開始起鬨要看我的手。

「有什麼好看，它怕冷，我讓它躲在袖子裡。」

新來的倩倩問得更直接，「被剁掉的是哪一隻啊？」

眾人紛紛靜默下來時，每隻眼睛瞅過來等待著。

寒梅掏著我的袖子，羞於見人的右手，紮著紗布現身了。

「哦，看到了，還沒好嘛，還有血……。」

莉莉探出一根指尖，撫慰著她的么兒似地哭了起來。

被剁掉的是尾指。切得不好。醫生說，傷口太多碎肉，只好犧牲掉中間的關節。聽說急診室緊急打電話問餐廳追討那節殘根時，餐廳已打烊，服務生翻遍了六個廚餘桶，那晚剛好賣了很多糖醋魚，整桶殘渣都是混濁的湯汁。

殘存的指根像個瓶塞頭偎在無名指的夾縫裡，換藥包紮時找不到著力點，護士只好圈著紗布纏繞一整隻，看起來像隻傷心的白頭翁。

我舉杯和她們一起乾了。「喝啦，我們不是要慶祝尾牙嗎？」

「好吧，那我就要宣布了，」寒梅說：「社長，我們身上長什麼樣，你都看過了，那就當作自己人，既然大家都想要慰勞你，不如現在就來抽籤決定，反正今晚一定要有個人好好陪你。」

快過年了，免費的喔。起鬨的人繼續起鬨著。

兩瓶高粱喝掉後，回頭又灌生啤酒，笑鬧聲後來逐漸低緩下來。

最後卻是我送她們走的，美樂幫我一個個把她們攙扶到車子裡。原來不只美樂，每個人大概心裡都有不少陰影，才會把自己強灌到底。但也醉得太過放肆了，為醉而醉的吧，難道不是一種感傷醉，感傷著我的手，其實也感傷著她們自己的歲末年冬。走上這條路哪能還有感傷這麼多，要不就是趕快回頭，當作是來做賊的，一番兩番後該走就要走了。

美樂穿得太少，攙完最後一個已經用盡了氣力，喘噓噓又瑟縮著，躲在牆下一陣喊冷。我跑到路邊替她攔計程車，她卻又跟過來，伸來一隻手扣住了我的臂彎，「今天晚上我跟你走。」

「不行，妳先回去，快要冷死了。」

「她們都忘記抽籤了嘛。」

「那就不要抽什麼籤，我自己到廟裡抽。」

她摀著鼻子像哭了那般。然後車子來了。

看著她上車後，我獨自歪歪斜斜地走路回家。

2

摸著她的手，她就知道了。

她有一種非常細微的直覺，一個昏睡病人不見得有，但因為是夫妻，才有黑暗中那種熟悉，眼皮微跳著，像針那樣刺，應該是醒來了。

米娜為她擦背洗臉，從一條胃管進食，然後等待醫護進來巡診，這些例行事務完成後大約上午十點。這時我讓米娜出去用餐，兩個人開始獨處，我坐在她耳邊說話，因為她無法接腔，整個房間便都是自己的回音，像一場寂寞的細雨下個不停。

我知道她在聽，要聽得懂應該非常困難，因此我盡量短語，類如一些勉勵的語句，像加油啊，趕快好起來啊⋯⋯。明知不太可能，便說得有些心虛，有時候竟然就嗆住了。當然，我也試著說些她更聽不懂的長句，趁機在她面前獨白，但反而唯有這樣的時刻，她的眼角就會泛出灰而透明的潮光，然後慢慢聚集，最後才把僅有的一點淚水滴下來。

米娜一個小時後回房。

接著換我去樓下打點一些醫療事務，有時如果醫生允許，我就會伸著脖子再聽他講述一遍那些掃描光片，毫無例外他還是從肺部那塊黑影出發，然後沿著移轉途徑指指點點，好像怕我不懂那幾乎就是一條沒有指望的道路。

然後中午，我來到醫院地下樓，端著一碗麵坐在牆角，窗外的花草繽紛豔麗，畫面都很美，可惜這種美對我已經沒有意義。失去的東西更美。以前怎麼可能會這樣，我們本來都好好的，她是溫婉的家婦，結婚多年後仍然是大甲溪沿岸最美的女人。我把她帶回台北後，用我最豐盛的愛來愛她，畢竟自己太過平庸，那種付出便有一種不計代價的瘋狂。我把生產椅墊的廠房設在屋後的山坡，機械五金的噪音採用專家建議的材質加倍又加倍隔絕，留給她的幾乎就是全世界最安靜的房間和客廳。

一直到椅墊被退貨停產之前，我們都住在那棟房子裡，開窗就看得見北勢溪蜿蜒的流水，黃昏前我們坐在草地上吃著義大利點心，一邊看著往南拖曳的飛機雲，兩條細線慢慢暈開後胖胖地抱在一起。

房子查封後，我們才移居市區的四樓小公寓，她找到一個客服行政工作，我則經常騎著腳踏車回去偷偷眷顧那間廠房，白色封條交叉貼在風中，有一角脫落了，拍著牆壁痛哭那種模樣。後來我還繼續騎上山路，想要徹底感覺胯下是否真有墨西哥他媽的那種奇癢，騎到一半躲在樹下翻著內褲，檢查鼠蹊兩邊是否出現異狀。其實只有粉粉一點紅，細細地就像嬰兒的微燒，根本沒什麼大不了，絕不相信光是這樣就把我的工廠搞垮了。我拉緊褲子繼續往上爬，來到山頂一座涼亭，幾個老人在那裡聊天喝茶，以為我迷了路才會急得滿頭大汗，頻頻指著夕陽下的小徑告訴我那是下山最快的方向。

那天晚上洗澡，粉粉的紅已經回到了白。

可是她沒有回來。我躺在孤單的房間裡等到半夜，才隱約聽見尖尖的鞋跟傳來聲響，像一種含蓄的探路，停下前腳再躡起右腳，黑暗中很暗，反而使我開始緊張，很怕她被我看見，很怕她視而不見，我只好繼續閉著眼，直到她睡著後還不敢睜開。

同樣的情景竟然沒有間斷。每次回來後摸進浴室關門卸妝，洗臉後順便刷牙，仰著脖子輕輕漱口，忘了租來的房子都是薄牆，不斷把她藏在喉嚨裡的那種歡愉咕嚕咕嚕地震盪著，像個剛搬來的女人壓抑著一股喜悅和不安。

我後來沒有辦法，只好去那家公司樓下等她，然後躲進計程車跟著她的公車，明知那只是回家的路線，卻又害怕她會不會中途下車。兩個相愛的人一旦這樣前後走，路就不會一樣了。直到有一天，她終於不搭那輛公車了，下班後拐個彎走進一條小路，那裡有個兒童公園，兩個小孩在沙堆上盪鞦韆。黃昏慢慢降臨，幾隻歸鳥飛過那些咿歪咿歪的聲音後，一件黑色短大衣突然像隻老鷹匆匆撲過來，抓狂似地把她籠罩在敞開的懷抱裡。

我搬出去的時候是在隔年春天。因為前面那幾個月我每天無法入睡，明明她就躺在身邊，半夜裡我還是恍恍惚惚摸索著起床，在沙發和小餐桌間走來走去，彷彿還在等待一個比較真實的她回來。

她曾經起床出來問我，你是怎麼了，哪裡不舒服，真的不需要看醫生嗎？我猛搖頭，滿臉爬著乾透的淚水，她只好惺忪著眼睛脫下粉紅色的睡衣，像餵奶那樣直接送來嘴邊，還把我的手抓起來放在她裸晃晃的胸口上。

可能是太滑嫩了，我的手很快就掉了下來。

●

每個週末上午我不去醫院，一直等著女兒午後回家。

以前她會讓我知道火車幾時抵達，我去到捷運站時大約她也快出來了，那種接應雖然經常使她不快，起碼還是乖乖坐進了我的車子。別人的女兒應該也會叛逆，聽說還有人一整年都不回家，像她願意悶在後座裡算是相當難得了，我甚至會在停紅燈時忍不住回頭看她一眼，像撿回一件失落的行李那樣感到安心。

當然這種事勉強不來，升上大二後敵意就更深了，直接用行動表達，明明已經看見了我的車子，裝著掉下一本書，撿起來時順便轉身，朝著一排候客計程車走過去就把我甩開了。

那次以後我只好讓她自己回家，趁這空檔我可以整理小客廳，要帶去醫院的內衣褲或汰換品已經裝好袋子，電視早就開著靜音，遙控器也放在她習慣的位子裡。只要她願意坐下來，也許我們就有機會說些話，學業進度啦，朋友怎樣啦，或直接想要知道媽媽的病情也行，我就從她回校後的週一講起，血壓心跳各種指數、前幾天陷入昏迷、幸好後來不用插管……。

至於她不想聽的，她無法體會的某種深痛，我就不說了。

她的恨意從救護車開出門外的那條巷子後開始。

那天以後她就不說話了，我搬回來後她更冷漠，大學聯考一個人去，放榜那天瘋了一樣，關在房間裡又叫又喊。我默默然貼身站在隔牆，低著頭聽她數落我的罪，憎恨帶著哭聲，像支變調的笛子吹到終宵，天亮時整個屋子還在嗚著一種迴旋的怪音。

她們兩個好像漸漸地離開我了。我每天對著自己懺悔，不斷想像命運之神能不能重新發牌，倘若當時避開了那些猜忌，那就不至於跟蹤自己的妻子，那麼，她應該就會慢慢感到不安而終於掉頭回來。嗯，倘若……，倘若她不那麼晚歸，倘若我對她不那麼深愛，倘若那墨西哥女孩從來不騎我的腳踏車，倘若每晚我都能夠一如死亡般沉睡著……。

今天是女兒的生日。

我切了一些水果，也準備給她泡一杯終於買到的咖啡，還有烤布丁……，這些東西在我們出發去醫院時剛好可以吃完。當然我也不敢這樣指望，每次她總有一些東西碰都不碰，嘴唇一直抿著，吃得很慢，吞下去時眼睛閉起來。

原先我還計畫買個蛋糕帶去醫院，點上二十支蠟燭熱鬧一番，然而後來卻又有所顧慮：病房裡適合唱歌嗎，壓著嗓子唱得出來嗎？沒有尾音的生日快樂會是多麼乾冷，而且我也不知道病房裡是否可以暫時關燈，床頭上她會害怕那種燭光的暗影嗎？那衰弱的瞳孔忽然就會模糊起來吧，像快要被帶走了的那種驚慌……。

我越來越不安，怎麼做都感到困難，維生儀器擺滿了床榻，一點不規則的訊號就會讓我豎起毛孔。可是，我竟又擔心她什麼時候會突然醒來，眼底閃出離去時的那種弱光，然後用一隻瘦骨向我招手，在我來不及反應時留下最後的哀傷……。

總算開門進來了。

她拎著扁扁的提袋，看都不看就沿著門牆走進她的房間。

我開了爐子煮水，想她幾分鐘後應該就會出來。水開了先燙杯，咖啡豆是店家當場替我磨好的，我調好了她喜歡的濃度，開始豎起耳朵傾聽房間裡的動靜，只等著那一聲開門的瞬間就可以沖杯了。

斷指的傷口還沒癒合，提著水壺就會傳來一針針的刺痛，為了避免紗布滲出的血跡嚇壞她，每個週末我都把它藏在袖子裡，載她去醫院時都是單手開車。她似乎未曾看出異狀，兩個多月了，有時真想抽出手來換她幾聲關懷。

你的小指頭怎麼了？

還是很痛啊，前幾天又沾到水。

爸，這是多久發生的，整隻都斷掉了呀……

空想著這樣的畫面時，秋姬卻來了電話，要我去看週三的報紙。

「流浪狗的什麼抗議活動，美樂上鏡頭了。」

「秋姬，我在忙。」

「社長，我只是要你看看報紙，你不是很關心美樂嗎？」

「妳還是直說好了。」

「她們圍在立法院請願，美樂負責撿狗大便，看你多沒面子。」

我把電話掛掉後，看了手錶更加感到急亂，水溫退了又煮，去醫院也不能太晚。我只好跑過去敲門，裡面窸窣著微細的聲音，剎那停下來時忽然陷入死靜，沉默的對峙不過就是如此，可以感覺到她正在等我走開。

「小琳，我有話要跟妳說。」

「嗯。」

「妳出來吃點東西，我們還要趕去醫院。」

「剛才我自己去過了，只是回來拿一些衣服。」

「啊，不是約好了嗎？不過，沒關係……，」

我有準備了一些點心……

咖啡也終於買到了……

小琳，生日快樂……

我說。

●

我找不到秋姬那天說的報紙，上網卻看到一張小照片，美樂戴著帽子，頭髮黏在臉頰，揹著環保袋的身影有些疲憊，一副嘶喊過後沉靜下來的那種孤寂。報導中說他們一群人抗議流浪狗的收容單位都是屠夫，表面關懷流浪動物，剛送到收容場卻又立刻進行撲殺，他們因此跑到立法院請願，不料曾經答應協助的一個立委卻又怕事躲了起來。

我和秋姬聯繫後，才知道她和美樂私下常有往來。美樂收養了十八隻流浪狗，被房東趕出門後，去年租到郊外一間鐵皮屋，才把那些狗圈養在一條野溪旁住下來。

「很難想像美樂會做這種事。」我說。

「咦，你怎麼不說很難想像我們也做另外那種事。」

「秋姬，那就別說了，現在談的是流浪狗。」

「我們也在流浪呀，社長。」

秋姬連聲抱怨，說我把她們幾個遺棄了。

掛掉電話後我才突然想到，那陣子姊妹淘們美樂長美樂短，其實認真說起來，前面那個令人倒胃的三角眼不算，後來又碰上那票兄弟鬧場，美樂真正做過的客人也就只有特別缺錢那一天。難怪了，養那麼多流浪狗，又碰到房東趕人，我本來不看好那七十多歲老人的燭光晚餐，那天晚上她卻吃得二話不說，原來都為了搬家買飼料而來。

聚過了那一場尾牙宴，大家到現在還沒有見過面，難怪秋姬滿口怨言。當初拍胸脯叫她們別去涉足酒店舞廳，跟著我安排每週一次的餐會就能安家解困，沒想到我自己出了問題——女兒看到媽媽的病情急轉直下，拿走了衣服再也不想見我，那種恨意已經不是小兒女的嬌嗔，而是突然一去不回的那種決絕，除了挑我不在的時間去醫院探望，從此就沒了消息，似乎比她媽媽更早離開我了。

我看著美樂的照片突然想哭，來應徵的時候沒問過她來自哪裡，通常我也不問別人，看得上眼的本來就沒有幾個，再做身家調查恐怕就當場走掉了。但也奇怪，當時就覺得她不該走上這條路，現在更不能想像她一個人帶著狗住在溪邊，兩種事根本兜不攏，年紀大我女兒沒幾歲，卻像浮萍一樣四處漂游，沒有一個家容納她嗎？把我這陣子遭逢的悲哀一起翻攪了起來。

是要幫她多接幾個客人，還是別讓客人再來糟蹋她？

我倒是答應了秋姬，春天不再那麼冷了，趁著過完年的男人大都開始蠢蠢欲動，那就試試看，能約幾個算幾個，人要多金也要長得體面，不然色鬼多得是，隨處攔街都有，一通電話就能把小姐客人送到房間。都怪我當初自許的門檻太高，男的要金字塔頂，女的講求國色天香，這年頭哪有這種事，說穿了就是牛郎織女的配對，要撮合到雙方滿意不如直接去天堂。

然而病房裡的急救，一次又一次呼天搶地的奔走，還有那些一再為我帶來希望的標靶治療，卻都是在這見不得光的狹縫中掙來的，否則早就舉債逃亡了。念高中時的女兒還經常問我，為什麼你到了晚上才上班，半夜才回來？那時都回說做黃豆和棉花的買賣嘛，國際性的期貨生意啦，美國人都是等我們睡覺才開盤……。

她不問了之後，父女之間也就什麼都沒有了。

我開始一個個打電話通知，很怕小姐們哪一個又上不了場。

還聯絡了媽媽桑，好久不見啦，最好的小姐介紹給我吧。

開春第一場，我當然希望博得一個好彩，物色到的最好都是他們眼中的極品，否則只要其中一人猛搖頭，旁邊一票富豪的嘴臉莫不都是等著看笑話，寧可吃飽喝足拍拍屁股回家。以前客人搶著要的不是沒有，美樂之前就有個小薇，皮膚白嫩到令她們這些同類傻眼，剛來沒多久就做了五個，每次進房前先站在門下祈禱，做完後胃裡那些酒菜還是全吐光，一個月瘦到四十二公斤，聽說兩個乳房只剩八兩。我看不對就找她來問，才知道她嘗到男人的肉汁就會反胃，卻又不能不做，地下錢莊派人住在她家裡，不拿錢回去的後果就是每個禮拜拔掉她父親一顆牙。

那麼，做這行業雖然看起來是造孽，實際也有幫人救危解困的小因緣。不到三個月後她就還清了父親的債款。臨別我請她吃飯，兩隻眼睛灰灰地看著我，說我是個魔鬼也是她的菩薩，安排她跳火坑又負責把她帶回來，邊說邊哭著，拿出一支墨水筆交代我，要我回去以後記得把她的電話全都塗黑。我問她名字是不是也要一起塗掉，她說沒差啦，小薇當然是假名，終於笑了起來，憂傷的眼睛難得擠出了喜悅的淚光。

有過小薇那種案例，堅持使用本名的戴美樂怎不讓我猶豫再三。

第二天我只好試著把她叫來，說不定她已轉性了，只想每天遛著狗到處流浪。來的時候穿著黃色薄夾克，那條破牛仔褲真像狗咬的，很難想像當初我怎麼會拱她出來迷倒眾生，回到眼前這副邋遢樣，簡直就像個清潔婦剛剛倒完垃圾回家。可是啊，我一見到她卻又感到心中澎湃，一股又溫又瘦的電流彷彿立刻帶著那截失蹤的斷指回來，硬是取代了傷口的刺痛，心靈的感應簡直淹沒了理性，使得下意識裡真以為完整的手指突然長回來了。

「社長，你變瘦了。」

「我沒飯吃，妳應該帶一些飼料來。」

她白我一眼，卻也沒放過斷指上的紗布，問我有沒有醫藥箱，說她現在連閹狗都是自己動手。她說著走去拉開了門櫃，發現空無一物才走回頭，身材略有長高了，顯得那件夾克突兀地卡在褲頭上，空空的背脊露出來。

「秋姬告訴我了，社長，你也要找我回來湊一角？」

「我本來希望電話打不通，這樣反而省掉麻煩。」

「可是我已經負債了呀。」

頭髮也剪短了，少了長髮用來撩撥那若隱若現的嫵媚，倒是點亮了一雙忽然神氣起來的眼睛，不再像剛來時還有一股羞澀感。那我就開門見山了，直接問她為什麼養那麼多流浪狗，以為她這麼潦倒總該無言以對了吧，卻是這樣說的：

「我本來最怕狗，小時候住在養狗巷，聽到狗叫聲趕快蹲下來不敢亂動，等我阿姨跑過來解圍時，沒想到她叫的卻不是狗，叫的是我，美樂啊，妳抬頭看看，是狗在怕妳啦，早就跑掉了。」

「妳住阿姨家，那媽媽呢？」

「媽媽？你怎麼會想要問這個，我當然沒有媽媽呀，上小學就沒有看過她了……。然後你也想問我爸爸對不對，別傻了，我是人家不要的。你放心，不會再丟你的臉，到時候我當然會打扮得漂漂亮亮，保證你看了會滿意。不過你要答應我一件事，最近我的心情壞透了，我們的團隊被那個立委放鴿子了你知道嗎？好不容易租了兩部遊覽車，載著南北各地的志工去請願，結果他臨時開溜，害大家空等一個下午。你有辦法運用人脈去找他出來吃飯嗎，湊成一桌應該很簡單，因為我早就打聽到了，他一定會來參加，男人喜歡的他都喜歡。」

「別那麼傻，為幾條狗獻身，不值得。」

「社長，做什麼才值得？」

「妳去問那幾個姊姊妹妹，逼不得已都是因為錢。」

「為錢獻身就值得嗎？我沒差啦。」

兩手托著下巴撐在膝蓋上看我，語氣篤定，有備而來的那種俐落。

這可是把我難倒了。我現在的困境，坦白說連熟客都不見得願意賞臉，更別指望臨時可以挖到立法院的人脈。何況這種高檔交易也不像賣珠寶，可以亮晃晃拿出來到處炫耀，男女配對這檔事，說穿了就是浮華人生黑暗面，關起門來還可以偷偷摸摸，出到門外誰也不敢認誰。

所以我只好推掉了。

「我對狗的事不太了解，勸妳還是不要太認真。」

「他這個人性好漁色，全台北可能只有你不知道。」

「美樂，就算是吧，男人都有自己的門路……。」

「你不是都很關心我嗎？」

我只好開始循線搜索。

當然，每天早晨的心情仍然是低落的，因為都在病房裡，那個角落每分每秒都是那種白，白色的窗簾白色的臉，白色的燈光白色的黑，只有維生儀器有它一貫冰冷的色澤，隨時提醒著血氧和脈搏的聲息。然後同樣上午十點，米娜出去吃早餐後輪到我又開始獨白，像在例行儀式中抒發著孤單的殘愛，直到她的手開始悄悄蠕動，想要縮回去又想要停留在我手中。

然後我回到陽光健康的街外，繼續思索著美樂的央託，一個女孩願把青春年華獻祭給那些流浪動物，我難道不能動點腦筋把失信於狗的那個立委找出來。高立委。你認識高立委嗎？既不能逢人就問，只好挑幾個對象瞎摸各種路徑，能夠約幾個出來聊聊天就好辦事，我會想辦法切入一些政治話題，何況下半年又是熱門選季，聊啊聊啊總該落在高立委身上，心中有高立委還怕滿嘴不是高立委。你認識高立委嗎？

名叫高福德。

我找了那位期貨蔡喝咖啡，白天他最有時間，有時間的富人最喜歡看錶。他兩手平伸在沙發椅背上，像隻忙碌的老鷹隨時準備起飛。「兩大黨我都很熟，四點我就是約了一個主委要見面，你要跟我說些什麼，我以為又有什麼新貨到，原來是這個啊，」他又看了看錶，橢圓鑲鑽滿天星，錶帶的顏色是他號稱關係最密切的晴空藍，「這個高福德我是有熟啦，但不是那種熟，你總不能叫我直接問他要不要打一砲。」

我只好找上這幾年靠著ＩＣ軟體發跡的鄧超雄，他說他每天埋在研發室，平常還能撥時間找女人算是福報了，其他社會事可就沒有那些閒工夫，「不過你說的這個高福德，不分區立委嘛，很有來頭的，可是聽說下一屆就要被拿掉了。你怎麼不去問問那個許常董，他以前好像就是什麼幹事長出身，這傢伙長袖善舞，人脈可是一大片的寬廣，找他八成知道一些眉目，說不定平常和高立委就很熟。」

許常董上次來電把我痛罵一頓後，不知那股怒氣是否還在腦海裡？為了美樂或為了我自己，硬著頭皮向他賠罪也是應該的，這陣子光打聽高立委已經耗掉快十天，再這樣延宕下去連那些標靶藥都快要買不起。

約時間好比就是拖時間，我乾脆跑去公司找他，人不在，祕書幫我打電話追。我看完三份報紙後，一個臃腫的貴婦先進來，頭髮吹成一隻鴨賞，從我面前走過時旋起了一陣地板風。緊接著，原來許常董就跟在她後面，看到我就像看到鬼，裝不認識已經來不及，他只好在背後勾著手把我指向廁所的另一邊，祕書見狀後起身過來帶路，這時我才真正踏進了許常董這家大企業的會議間。

十分鐘後他左顧右盼走進來，「你要做什麼啦？」

「沒什麼事，我以為你有空，想和你聊聊……，」

「唉唷，有什麼屁事聊，以後用電話。」

「下個月的餐會，臨時缺一人，朋友說你可以邀請到高立委。」

「你說高福德？那我當然認識啊，可是這樣你不是完蛋了？你知道全世界和他最麻吉的是誰，就是上次從廈門回來過生日的那一個。幹，那天晚上被你的小姐弄得多慘，第二天臭著臉回廈門，我的面子也丟光了。」

天啊。世界這麼窄，也不該是這麼倒楣的冤家路窄。可見人生一切的艱難苦痛，並不見得痊癒過後就好，有時繞一圈又回到原點，舊瘡疤再捅一次，等於硬著頭皮還要重來。

這樣好嗎，換我自己傷著腦筋。

我只好回去告訴美樂，線頭是找到了，問題還是回到了她身上，那天晚上誰把她嚇哭的，那就是誰囉。

「怎麼就是他？」

「聽說如果他願意牽線，高立委肯定就會來。現在的癥結還是在妳自己，我看算了，妳是妳，狗是狗，幹麼浪費這種代價。何況那個三角眼早就被妳嚇到了，他要是寧願挑秋姬或是寒梅呢，那怎麼辦，我是不是乾脆安排高立委給妳，反正是要請什麼願，我就讓你們整晚說不停。」

她在電話那頭毫不遲疑地說：「那就三角眼。」

「妳不要到時候又讓我難堪。」
「閉著眼睛也要做，心裡想著你就好了。」
美樂輕佻著閃開話題，還是把我愣住了半晌，那三角眼應該是全天下女性寧願戒葷茹素的男人，竟然她這麼輕率要和他同床共眠。就算那些流浪狗值得她這樣，恐怕三角眼是連狗都不如的吧。一個男人光有錢就可以隨便長成奇形怪狀的樣貌，我越想越不是滋味，卻也沒辦法了，只有這個辦法。
當然，路還是要走下去，許常董既然願意開路，只好由他去聯絡三角眼。人在廈門，就算他有時間，也要等他找到高立委，然後暗示那檔事，然後彼此約出一個會合點，然後再由我來集合幾個小姐……。以前要是這麼細心用在椅墊的研發上，那墨西哥女孩還會出現胯下紅腫的困擾嗎？
倒是有點意外，開春這檔鳥事竟然一呼百應，消息傳開後簡直就像瘟疫又熱又急，幾天後他們私底下連時間都敲好了，還幫我設想一桌最多十二人，剛好維持雌雄各半的配對模式，我只管負責六個小姐就行。
不過高立委答應歸答應，卻傳來一個附帶條件。他說為了掩人耳目，地點不能選在國內，出境通關時也不准女性並排同行，要等到踏上異邦土地完全看不到自己的選民，那時要怎麼鬧翻天他就毫不介意。

地點選在韓國的濟州，理由是那裡舒爽，不想賭博也有高爾夫球。

我只好回頭再探小姐們的意願，沒想到她們答應得超爽快，無非都是衝著機票住宿全免，而且按例都是一夜身兩倍價，連住兩晚等於把整個月的業績都做滿了。

雖然我已盡了力，心裡卻是有點僥倖的——美樂應該沒這麼幸運了，活該她帶著十八隻流浪狗，別說三天兩夜，光一個晚上沒餵狗恐怕她就不放心。

「為什麼吃一頓飯跑那麼遠呀？」果然抱怨著。

「是啊，那個高福德實在缺德，吃一頓飯勞師動眾，虧他老婆管那麼緊還敢這樣。聽說最近就要宣布回鄉競選下屆立委，這種敏感時間當然最怕狗仔隊，可是又改不掉那種癖好，能怎麼辦，碰上美人關當然還是要硬闖。」

果然躊躇著，叫我掛掉電話，她等一下再打過來。

那些流浪狗還是有用的，看來是把她團團圍住了。

不到十分鐘我接起了她的電話，而且立刻加碼警告她，「雖然養狗的事我不是很懂啦，但那些流浪狗一天總要吃個兩餐吧，一想到每隻狗最少要餓六頓飯，坦白說啦，連我自己都有點不忍心。」

「笨蛋，我找到人了啦，志工隊會輪流來餵牠們。」

●

三角眼從廈門出發，台灣這邊的男客自成一團。

我則是一男帶六女，不像他們魚貫進入那種靜悄悄的商務艙。七個人一起擠在橫排艙位裡，雖然隔著走道，頗像一支熱鬧的串燒，吱吱喳喳瞧著機翼穿越雲層，這才使我想起她們本來就有天生的純真，只是窮困變故各種家庭因素把她們禁錮著罷了。

很快就到了濟州島。

一個韓僑開來小巴接應後，十三個異鄉人總算來到車上大團圓。高立委，我終於見到他了，穿著過大的風衣，戴著一副黑眼鏡，像要探勘什麼異國敵情。這種調調我是看多了，說他神祕其實太恭維，進到房間還不都是急著脫褲子，有權有勢就算像他這樣，脫光了還不都是惶恐莽撞的一隻孤鳥。

我有些火大是因為還要一路扛著他的高爾夫球袋，這很要命，我也有自己的行李好不好，明明不是來打球，偏要堅持帶著一整套，說他夫人隨時都在燒香防小人，若不這麼慎重其事恐怕會被她識破姦情。這種顧慮是很正常，我也揹過一個賣靈骨塔的，可是對方就俐落多了，只帶來慣用的五號鐵桿和一支特製的小推桿，其他的開球木桿和鐵桿反正球場都有租用，人家才是真正懂球的，哪有像他這樣的買春，剔個小牙縫帶著整塊木頭來。

還有就是那個三角眼。我到底怎麼了，見了他就煩躁起來，有錢是他家的事，被汙辱的卻是美樂的身體，一想到這裡我能沒有一點恨意嗎？

巴士穿越的公路，一大片油菜花田鋪地而來，後座那些小妞趴窗叫著，細細脆脆地不敢放聲喊。前座那一夥買春團則是聊著商界的話題，雖然大家已經同在一台車上，畢竟還不到眉來眼去那種氛圍，彼此好像暫且忍在一股騷騷的氣味裡，直到休息站下車後才逐漸活絡起來。

黃昏還很早，白天本來就不是我的場，只好任由許常董一路領軍，一會兒泊在岸邊等海女，下一站又答應她們參觀人氣最旺的凱蒂貓。果然這招奏效了，六個女孩一路嬉鬧兼郊遊，這邊嗲聲一點燃，那邊一個個馬上現出了猴急樣，說起話來笑聲帶叫聲，不再是初來乍到還堵塞著一股偷歡的曖昧感。

在這隻身異鄉什麼都沒有的孤單中，使我禁不住想起來的，便就是等在病房裡的那隻瘦骨的小手了。我們也曾來過這裡，婚後很久的愛情仍然如同潮湧那般，遠從以前的漢城轉搭國內小飛機，一路牽著手，地上到處都是雪後的殘冰。有一幕如今還是難忘的啊，兩個人依偎在一排簷廊下等車，她穿著小包鞋，腳背都被雪水濕透了，我脫下棉手套穿進她的腳趾，塞不進去的腳踝又紅又白就像她的臉，我趁著附近沒人注意，乾脆把她整隻腳藏到自己的懷中。

眼前的景物反而不那麼清晰了。

盛開的茶花園還有令人瑟縮的春寒，街道上的餐館已經有人陸續點燈。原來終於捱過了五點，有人說該回飯店了，這時我才不得不稍稍抖擻起來，接下去的時間都算我的，就像導遊一樣開始交代今晚怎麼集合怎麼解散。往飯店驅車而去的路上，麥克風一直忍不住我的顫抖，我把里歐飯店說成了李敖飯店，沒那麼好笑卻還是把前面那幾個傢伙逗笑了，可見白天逛街只為了殺時間，窗外的暮色反而人人愛，大老遠豈是跑來觀光的，只有我還沒跟上他們腦海裡的節拍，悶悶地陪他們笑著像哭一樣。

餐廳入座前，我給高立委遞上名片，這時他終於摘掉了墨鏡，原來那兩隻眼睛有點白內障那種混濁，恐怕也只有鬥雞眼才那麼歪斜吧，把我名片丟在桌上，根本不瞧一眼，只顧著寒梅聳在領口下的那盆火。寒梅的眼睛當然是雪亮的，走過來一勾手，那種分不開的纏綿味就出來了。

可是這麼一來……，眼前突然蒙上了一層陰影，我馬上想到的就是美樂的命運，好不容易把高立委找來了，她卻讓給了寒梅去投懷送抱，這不就注定了三角眼今晚要把她淪陷了嗎？一路上她看起來總是有些落寞，若是想念那十八隻狗，那不更好，要請願的對象就在眼前，天賜良機不過如此，等他明天穿上褲子可就沒什麼好說的了。

來不及了，餐宴就要開場。

我依照往例分開他們各一邊，沒想到許常董馬上反彈，他說大老遠搭了飛機來，哪有人還要這樣分開坐。說的是有道理，我也知道每個人褲襠下大約都把對象瞄準了，若還要求他們隔岸觀火，那就未免不近人情。這時我只好裝糊塗，替他們一個個安家落戶，寒梅既然勾上了高立委，那我就把秋姬配給許常董，紫羅蘭配給邱董，新來的倩倩配給郭董……。

然後，在這千鈞一髮之際，我撈著背後的美樂的小手，暗示她自己去坐到期貨蔡的旁邊。接著開始大力鼓吹莉莉有多好，這女孩多細膩啊，跪著幫你脫鞋，還蹲在浴缸裡把霧霧的鋼板刷得亮晶晶……，無非就是說給旁邊的三角眼聽，讓他感受一下絕對不會吃虧的那份窩心。沒想到這時他突然搶快了一拍，指著美樂說：「哎呀，美樂小姐，妳就別再躲了，我可是專程從廈門來看妳的，不會再那麼害羞了吧，那天晚上妳受盡委屈了……。」

說著站起來，拉開自己旁邊的椅子，像抓野兔般把她攬了過去。期貨蔡大概覺得不是滋味，聽完沒意見，莉莉也就上座了。

事態演變得如此窘迫，還有什麼好說的。六對鴛鴦既然落定了歸宿，那就剩下我了，左右兩邊還剩五、六個空位，這異鄉的房間看來真像一片海，桌面未免太大了，舉杯敬酒時彷彿站在送人出海的岸邊，突然有點感傷，怎麼會在這裡啊，還要那麼滄桑地陪他們度過兩夜。

敬了酒，當然就是例行公事還要做完。我先開始介紹寒梅，她在貿易公司任職，第一次來濟州，聽說昨天晚上高興得睡不著。邱董你旁邊這位叫紫羅蘭，還美拿過第二名，別看她皮膚那麼嫩，參加過海泳接力賽咧，她說游到對岸後真想順便逛逛街。這一位倩倩是新來的，什麼都不熟，就麻煩郭董您疼疼她……。

按著順序，當我指著美樂時，她卻把我制止了。

「社長，我自己來。」

菜上來了，眾人沒有舉筷，紛紛看著美樂兀自端起了高杯，那雙眼睛滾著盈盈的笑意，逐一來到每張臉上。輪到正前方的高立委時，她卻突然停了下來，只顧輕搖著杯子，越搖越慢，慢到那些紅酒終於平靜無波，這才凝住臉上的笑紋，用她從未有過的聲音鎮定著說：「高立委，我叫戴美樂，南部鄉下來的，剛下海不久，請多指教。」

●

那天晚上，高立委遲遲沒有走進房間。

寒梅說她洗完澡睡了一覺，醒來時還是沒有看到他，找我又不在，一直等到十點，開始擔心他會出事，才披著睡袍匆匆下樓找人。

只見他一個人坐在酒吧，靠著面街的窗，彷彿陷入沉思。

「我有想要叫他呀，可是那表情好可怕，像要殺人耶。」

「後來他幾點進來？」

「沒有吧，床單都好好的，碰到鬼了。」

高立委是在第二天清晨提前返台的，連球袋都忘了帶回家。

寒梅雖然沒把這件事說出去，團隊裡卻有一種熱絡不起來的陰霾。一行人默默跟著巴士走，第二天住進賭場裡，晚餐各自帶開，有的窩在房裡吃飯，有的整晚埋在大廳賭桌上。

整件事如何了結，到底怎麼了，我一直等著美樂回頭說清楚。她卻刻意閃躲，寧願跟著三角眼下山，兩個人逛到很晚才回來。

回國後我等了三天，一直找不到她的人影。

後來她自己來電，淡淡地說：我已經到你門口了。

3

她撩起左手的袖口，一圈圈的編織手環套在腕上，斜面交織的彩紋繩，什麼顏色都有，像個賣飾物的女孩隨身帶著樣品小攤。她把手輕輕揮舞晃動，一下子落著雨點那般嘩嘩然，手環的碰撞一停下來，馬上又回復了原來的排列，滿滿地蓋住了白皙的手腕。

然後問我，「剛才有沒有看到？」

「不要太無聊，妳知道我想問什麼。」

她把手環前後挪開，空出來的肌膚露出了一排傷痕。

「隨便拿掉一個就看得到，社長，不信你來玩看看。」

去年初秋來應徵時就穿著長袖了，寬鬆的袖口露出來的手環並沒這麼多，三或四個寥寥點綴著，只以為年輕女孩都喜歡這種流行，客人不見怪就好，怎麼穿搭都是青春可愛的造型。

手環若是全都拿掉了，豈不就是一刀刀劃過的痕跡。

「只要多劃一條，我就多買一個手環。」

「什麼情況下會拿刀子劃？」

「嗯，問得好，當然是不想哭的時候。」

我站起來踱步，走到窗口真想跳出去，這狹小的空間突然使我煩躁起來。我真想狠狠地瞪著她，傷到我的心了，我自己的遭遇還不夠煩嗎？那麼多的傷痕瞞著我，又無緣無故嚇跑了客人，不就是又把我推到莫名的困擾中。

行程雖然已結束，結局卻是那麼不圓滿，一行人回到桃園機場入境時，那幾個熟客各走各的，一聲招呼都沒有，整個買春團彷彿剛剛奔喪回來。

我多麼希望這件事趕快從腦海中消失，她有義務對我坦白，到底施展了什麼幻術，把一個專程帶著球具出國買春的立委一瞬間整垮了。

我沖了一壺茶想要冷靜下來，才發覺她的眼角泛著淚光。

「我直接問，妳並不是真的想要請願什麼流浪狗？」

「我說過以前非常怕狗。」

「但是妳養了狗，養了一大群狗。」

「因為後來才知道，只有那些狗會陪伴我。」

「美樂，妳說快一點，我本來應該去醫院，我太太隨時都有狀況。不是只有妳碰到什麼困難，大人也有更痛苦的故事，妳別怕說得不好，儘管說，傷心的事我最懂。」

「你還是快去醫院，」她突然起身，想要擦乾淚水，卻還是紅著眼，「對不起，一直給你惹麻煩，我今天就是來向你道歉的。」

「那就直說吧，不然妳告訴我這些傷口，怎麼來的……。」

「別那麼大驚小怪，十五歲就有了，我是住在阿姨家長大的，半夜裡爬進房間的竟然是平常最疼我的姨丈，這樣你聽得懂嗎？第二天我就開始學會拿美工刀了，而且還知道要怎樣割才會流血，又不會死。」

「妳媽媽到底在哪裡，上次問妳，把話題推掉了。」

「有什麼好說的，她被遺棄，我只好也被她遺棄。」

「嗯，那就是妳爸爸的問題……。」

這時她突然仰起臉看著我，「高福德。」

高立委……？半口茶把我嗆住了，我不斷地咳，一時難以接腔，猛猛地被她這麼錯愕的答案刺痛著。我看不清她的表情，彷彿只是一臉的幻影，那當初堅持使用本名的用意原來是這麼慘絕，那純真的樣貌顯然把我騙過了，難道她刻意走上這條路，為的就是讓高福德這個男人高高墜落下來？

看著眼前這個模糊的戴美樂，我喃喃著說：這樣對待自己的父親……

「父親？你說到哪裡了，只不過就是一個可惡的人。」

「就算是吧，想想看妳付出什麼代價。」

「你說流浪狗要付出什麼代價，就是流浪的代價嘛。他付出的代價才更悲哀好不好，從現在開始，我不相信他睡得安穩，我媽自殺後終於可以和他重逢了，至少每天晚上可以來到他的噩夢中。你說說看，我這樣多諷刺，名字是他取的，說我以後是個美人喲，而且以後非常幸福快樂，結果還不到週歲他就跑掉了。我跟著媽媽姓戴應該就是天注定，還要改什麼藝名，戴美樂就是戴美樂。二十五年了，戴美樂死不了，去命相館算過五次，沒一個說我短命，那怎麼辦，只好這樣活下去呀。社長，你應該也很清楚，男人最怕的應該就是這種事，外人不知道，陰影就會跟他一輩子。」

「美樂……，」

「這是我的事，社長，你哭什麼？」

我回到桌旁，拿出抽屜裡的錢，三角眼的三天兩夜。我早就把她該拿的裝在信封裡，除此之外，現在此刻，我臨時掏出了皮夾，把自己分到的那一份也裝了進去。然後，我想，我是否應該說些什麼，倘若不是安慰，也不是指責，那應該還有什麼是我一時遺漏掉的？我想不起來，可是我真的很想說些話。或者等我想到了什麼再告訴她吧。可是今後我還能想到什麼嗎，當我每天來回奔波在去醫院的路上，腦海裡全都是一片慘白，那時其實整個世界都在我的腦海中消失了。

我把錢袋遞給她，她兩手縮到背後站了起來。

「拿去，我已經保管了好幾天。」

「如果我不拿，反而比較安心，就好像沒做過一樣。」

「狗要的。」我後來說。

●

濟州行稍稍讓我度過錢關後，主治醫師又被我纏著了。

還有什麼新藥進來，自費多少都沒關係，我說。

他走在前面，去另一間病房巡診的過道上，我碎步跟著他，夾在幾個實習的白袍和護士之間，彷彿懇求著一個消防隊員先來撲滅我家的火焰。我已經纏他半年了，他一看到我幾乎馬上背得出那些掃描影像的畫面。

「有新藥進來我不會搶著用嗎？」他說。

幾個醫護人員又穿步進來把我隔開了。

然而當我垂著臉目送著那些凌亂的鞋後跟時，他突然停下來，轉過頭說：

「三年前她來初診，我就警告她了，那時還只是初期，手術很簡單，幾乎每個案例都很成功，她為什麼不聽，你為什麼不來問，拖到現在，我只能告訴你，我盡力了，真的盡力了。」

然後一行人朝著前方右轉而去。

我在地下餐廳吃麵時，總算歸納出她對我隱瞞病情的那種惡意。是的，她故意的。她早就知道卻又拒絕治療，把這種延誤看做自己的懲罰，毫不顧慮到其實我也不能倖免於難，如今果然跟著她折磨在一起。

倘若那個墨西哥女孩不坐我的椅墊就好了。

我們還住在大甲溪沿岸時，她也不曾離開過我啊，那種恩愛反而是因為窮困才有的，是多麼濃郁地滋潤著那段清苦的日子。

接下來怎麼做，我越來越迷惘。那碗麵來不及吃完，突然又想起一件事，我跑上樓去問米娜，昨天是週末，我的女兒是否來過了？她吶吶地學著哭腔那種語調，我聽得懂那是女兒慣有的悲傷，一定又趴在媽媽身邊啜泣著吧。但至少她來過了，並非我所擔憂的那種永遠消失的離家出走。

當我開著車不知該往何處時，美樂的形影突然穿進了腦海。

我不能理解為什麼想到她。悲傷的時候她在我眼前忽起忽落閃爍著，像個火苗照亮我的黑暗卻又馬上幻滅了那般。我突然那麼想要見到她，打了電話給秋姬，她說了一個大概的位置，靠近交流道的一條溪邊。

我找到了那條野溪卻看不到交流道，只好沿著快速道的泥墩下一直開，車子開過田野已是另一個縣界，小路縮進了堤岸下，那片逐漸低矮而去的開闊視野中，我最先看到的卻是即將掉下去的夕陽。

黃昏最後一刻，我總算望見了一個小小的身影，她一個人蹲在溪邊洗鞋，刷過的長筒雨鞋倒掛在石礫上。我跳下草叢的邊坡時，狗開始狂吠，前面幾隻朝我衝過來，溪邊這臨時棲處簡直成了牠們的地盤。我找不到下去的路，這才看見她抬起臉來，出聲制止著那些蠢動的挑釁，可是溪床畢竟還遠，我喊著她的聲音乾乾地彈不回來，應該是春末的冷風吹亂了。

她站在那低窪處仰著頭，一隻手遮著眉眼望過來，那身雨鞋短褲垂散的布衫哪像我曾精心雕塑的魅影，簡直像個單薄不起眼的粗胚，剛從天堂墜落下來，身上漂亮的羽翼全都掉光了。

我繼續喊著，只想告訴她，她的父親——不，這不是她想聽的。我只想讓她知道，高立委已經派人來找我了，約我下週三到立法院附近的飯店大廳和他見面。

「妳有什麼話要我轉達的嗎？」

這時她總算聽見了，搖著頭，循著彎曲的草徑邊走邊跳著。

「喂，你也那麼怕狗呀，太丟臉了吧。」她說。聲音慢慢移近時，一邊小小地怒斥著，十八隻狗總算臣服下來，跟在她後面像個狩獵小隊來到了駁坎邊。

我數了又數，何止十八隻，好像所有的流浪狗都跑來找她了。

我們坐在駁坎砌出來的一塊岩板上，她從口袋裡掏出兩顆金桔，說是屋後的野樹叢摘來的，一顆塞進了我嘴裡，「皮是甜的，果肉反而比較酸，吃吃看，樹上還有很多。」

暮色還有點亮，鐵皮屋朝西的浪板反射著半透明的光。

「你快咬啊，不是要找我說話嗎，總是要先吞下去的嘛。」

三角眼雖然人在廈門，還是透過許常董放話來了，他已發覺事有蹊蹺，高立委本來和他無所不談，卻從那次提前返台後默不吭聲，不僅不接電話，聽說還辭掉了很多應酬，每次出席院會後就直接回家。

當然我見到他了。

他選在人聲稀淡的午後四點，下午茶的尾聲，咖啡廳低椅背的沙發上癱靠著他傾斜的肩膀。很少看到一個有權勢的男人是這樣迎賓見客的，看來是那麼頹喪，卻又撐著一臉橫肉看著我。

他的眼睛看來更加白濁了，可見那天戴著墨鏡出國是對的，穿著風衣也是對的，不然像他現在這副德性，應該是整夜沒睡才會這麼糟。為了見他這一面，立法院的資料我也查過了，什麼環境衛生委員會的，是不是也和那些流浪狗有關，我並不清楚，只知道他和美樂扯上了撇不清的關係。

他要我點單，同時把服務生叫來。

「你好好把事情說清楚，然後滾遠一點。」他說。

接著又說：「我有五個助理，隨便交代一個就把你的底細查出來了。你太太還好吧，其實就算末期還是有藥醫，你就好好等她出院，說不定女兒也會回到你身邊。這樣你懂我的意思吧，把自己的事情顧好，其他的還是不要插手比較好。我真的很替你擔心，你不知道只要一通電話打給檢調，那間工作室所有的檔案花名冊全都是坐牢的證據？」

然後最後通牒，「趁現在還有機會，說說看，目的是什麼？」

「一切只是巧合，我沒想過什麼。」

「那就好，你順便把那女的帶走。」

「委員，她不是我能指揮的，而且我根本不知道……，」

拍桌子了。那雙眼睛忽然有些凌亮，像從雲層裡透著光，可惜還有薄薄的雲翳半遮半掩，彷彿跟著杯盤的震動聲飄移起來。

我連續加了兩包糖，小湯匙慢慢搖動著他注視中的一點火燄。我感覺到他在掙扎，他這種震怒其實帶著驚慌，事情來得太過突兀，以致把他作為一個國會要員的尊嚴全都打碎了。而且我為他難過，他絕口不提美樂的名字，美樂如果只是個「那女的」，那我在他眼中應該就是個小癟三。

小癟三繼續搖著小湯匙，這景象在他眼裡應該非常困擾，一個不分區立委本來神通廣大，大可不必栽在小小的咖啡杯裡。我繼續搖，搖啊搖，同時我也正在急著思考。本來以為他約我見面是要傳達善意，或者表達一份對於美樂的關心或憐憫，原來是來嚇我的，看來是要把整件事情完全撇清。

「那你說說看，接下來是要怎樣？」

「我可以想辦法，約她來見你。」

「你瘋了。」

「委員，這件事和我無關，就像你說的，我每天都在跑醫院和找女兒，情況絕對比你還糟。你只要聽聽看她想要說什麼就好，我不相信她敢有什麼期待，更不會去影響你現在的家庭，這一點我還有自信。」

「你把她推到火坑，有什麼資格跟我講這種話？」

咖啡沒喝完，我站了起來，他卻又把我拉住了。

手機卻又不斷地響，他接了第四通，煩躁的語氣逐漸顯得衰微，嘴裡簡短地應答著，兩隻眼睛一直沒有離開我，如果我趁現在拂袖而去，八成他會崩潰下來。

那麼，我在等什麼，到底要什麼？

顯然都沒有。我只等著這件事最好有個好結局。是他約我來的，我來了。是他自己想要撇清的，我就讓他撇清吧。一個男人爬得上顛峰，總有一些東西是他踐踏過的。那麼，我也就不必透露美樂手上的傷痕，那太小兒科了，那種傷痛根本傳不到他的胸口，說不定他聽到了更怕。他有美好的家庭，夫人是一家如今規模更大的藥廠千金，他擁有的一切別人沒辦法擁有，因此他有必要非常謹慎，想盡辦法排除腦海中的各種恐懼感，直到終於排除掉任何人。

電話總算講完了，這時他乾脆關機，收進西裝內袋裡。
「委員，你的意思我都知道了，不會再來打擾。」
等一下，他說。
他從口袋裡掏出一個信封，薄薄的信封，顯然不是一封信，當然也不是什麼現金。「裡面有一張支票，不是給你的，是要你替我轉交。」
「轉交給那女的……？」
「不然還有誰。你要不要打開看看，我花這種錢不會手軟，該給就要給，叫她去過一段像樣的日子，別讓男人把她榨乾。」
「她本來就不是做這行……。」
「幹你娘，不然她是做哪行？還不是你教她，利用這種身分來把我羞辱，不就是為了敲些錢……。」
「為了那些流浪狗。」
「為了狗？你開什麼玩笑，把狗放掉不就好了。」
「委員，有些東西是放不掉的。」

他聽了之後不再接腔，臉上的線條慢慢顯出變化，紅的白的溝渠般的紋路不規則地跳動著，我以為他大概又要拍桌了。結果不是，突然站了起來，交代我不准離開，然後朝著洗手間的方向走去。憤怒的火焰可能把他激出了惶恐的尿意，我看著他搖搖晃晃彷如突然中槍的背影，覺得有點不忍，光是這樣好像已經把他整慘了。

我等了很久。一個男人懷著恐懼怎麼尿得出來，都是一些滴滴答答的記憶吧，當年狂射出來的快感是多麼多麼殘酷的遙遠……。

等他回來繼續威嚇時，我是否該讓他知道，其實工作室已經解散了。

而且我想告訴他，當我離開後，美樂還是美樂，她的記憶不是我能幫忙排除的。我只擔心她怎麼去走未來的路，那些流浪狗越聚越多，可見她就剩下這些破碎的寄託了，以後還會做出什麼舉動，我真的一無所知，才會被她那副悲哀的身影困惑著。

那天當我沿著溪邊小路一直找不到那間鐵皮屋時，其實那個瞬間我已清醒過來，原來我要找的人不見得就是她，應該說我是在尋找著自己的妻女，那是一個重疊在美樂身上的幻影，只有拆開來才會成為兩人。前一刻她幾乎就是我的女兒，下一秒鐘忽然又成為我那昏睡中的妻子的化身。兩個親人帶給我的是那麼不可言喻的傷痛，唯有當我見到美樂時，兩種幻影才又匆匆聚合在她身上，形成一種更孤單的形體，使我禁不住想要放聲大哭。

因此，在那一刻，在那忽然使我悲哀起來的瞬間，我就決定要解散寒梅她們了，而且正在安排時間和她們來一場最後的惜別。如果那個墨西哥女孩從來不騎腳踏車就好了。我想和她們說說那個故事，然後告訴她們，我將會去懇求那間工廠的新買主，如果對方願意相信，我會盡我所能研發出一種騎五百公里也不怕鼠蹊起泡的新椅墊。

我已經逐漸摸索出一個方向了。

通常我們爬坡時都會習慣用力踩，難免就會夾緊了胯下的腿肉，就像人生走到窮途末路時都想再來一次最後的衝刺，其實這時候的椅墊就可以發揮人性，它的兩側會因為過度夾緊反而變得更加柔軟，就像一個冷漠的胸口只會越抱越溫暖。

當然，我還想告訴她們，每個人的家庭變故再怎麼倉促，應急過後就應該趕快節制過多的悲傷。路是走不完的，就慢慢去走，女人美麗的雙腿本來就適合用來走路，只有別人看不見的肉體才能用來擁抱乾淨的自己。男人越有錢，女人就會更老，這個道理一定要記住，否則以後還有什麼東西可以剩下來。

嗯，那個尿人終於回來了。

來到我面前還是寒著那副凶臉，可惜他的拉鍊還卡在微凸的小腹旁，褲襠下露著白色的褶角，是那麼匆忙的一股驚慌，虧他在洗手間搬弄那麼久，真是夠他折騰了。

「怎麼樣，你想好了吧？」

他把信封推到我的杯子旁，兩手把自己的胸口抱起來。

我想著是否應該趕快告退了，沒想到他抱著胸口還這麼幽默，「如果你自己也想要，那就直接開口，只要數字不離譜，我也不會太小氣，人在倒楣的時候總得靠錢解決，快說吧，我聽聽看。」

他這個主意顯然是在小便斗上想到的。

坦白說我真的非常需要，我現在對錢的需要甚至超過了生命。

但如果行得通，我更希望他現在趕快回家給狗幹。

我後來沒有收下那張支票就走了。

離開時他的情緒有些錯亂，錯愕的兩隻眼睛像要把我熔燬，不斷地朝我射出熊熊的凶光。我走過櫃檯時終於還是回頭看了他一眼，這時他又歪斜著上身癱靠在椅背上，就像一個小時前我所見到的那副模樣，可惜那雙眼睛似乎更加混濁了，因為背對著光，好像瞎了眼那樣黑暗。

●

寒梅本來就有白天的工作，但她要轉業開一家早餐店。

莉莉回去南部的老家，協助寡母經營牛奶草莓園。
紫羅蘭宣稱要去走秀，等著一家代理商的複試通知。
秋姬比較麻煩，那麼不小心，已經兩個月的身孕了。
新來的倩倩有點傷心難過，抱怨我突然決定歇業關門。
我太太昨天早晨七點七分病逝。

●

那個時間本來和平常一樣，我剛到醫院不久，她還在沉睡，米娜為我撩開一小片窗簾，房間不會太亮但也不暗，讓我可以藉著晨光看著她的臉。然後米娜準備替她洗臉、換衣服和挖大便。這種時刻我不便在場。她曾有一次憋著氣，四肢僵硬不願配合翻身，米娜才請我暫時離開。那是一個重病患者極為罕見的羞澀，或者她已把我看成他人，等我退出病房，才願意讓那一些盥洗程序逐步進行。

因此，我站在門外等待。這時我還看了手錶，七點二分，還有半個小時可以讓我走來走去，走到逃生門再折回來大約五十秒，走到樓下小花園逛一逛回來則剛剛好。然而當我正在猶豫要不要下樓時，米娜的尖叫聲穿透房門響遍了整條通道。

●

然後我聽見醫生護士匆匆跑過來的腳步聲。

然後通道上最後又只剩下我一人。

然後我看見剛剛走過的逃生門模糊一片，彷如一場暴雨正在下著。

我一直留在原地，緊緊靠著牆，卻因為全身發軟只好蹲在地上。

直到米娜跑出來叫我，醫生拿著聽筒從我腳邊離開。

喪禮這天下著小雨，我父親扛來一袋新摘的玉米，他把玉米袋寄放在車棚下，然後沿著殯儀館幾個大奠廳查對著花圈上的故名。我撐著傘跑去叫他，把他帶到奠廳後方一整排格子狀的小靈堂，這時他才猛搓著手上的汙垢，還在腿褲上用力擦著，然後接過一炷香，顫顫地垂下了肩膀。

我女兒埋頭摺著蓮花，連續哭了三天已經沙啞，她一邊摺紙一邊念著小冊裡的經文，不願抬頭看人一眼，那張臉一直縮著殘月般的側影，即便外面傳來鑼鼓隊引靈出發的聲浪，她仍然沒有停嘴，好像正在慰留一個人，兩片嘴唇不停地重述著一種無聲的思念。

在這已經不宜痛哭的氛圍中，我幾乎無事可做，只須顧著香炷上的燄頭不能熄火，讓它維繫著一縷縷越來越遙遠的青煙裊裊上升。我有時走到靈位前有時走進雨中，雨中的大榕樹下有個長椅，我坐下來的時候剛好對著靈位上她一直凝視的眼睛。照片是很多年前帶她去賞花時拍下來的，本來她還撐著傘呢，幸好當時的鏡頭裡蔭著一層暗影，我便叫她把傘扔開了。如今她毫無遮掩地笑著，笑得多麼燦爛，彷彿只是和我捉迷藏，躲起來後拖得太久睡著了。

道士們的誦經來到了尾聲。

喪禮只有我們三個人。

進入火化室要經過一個長廊，我父親走到一半哭了起來。

他那種哭聲不像悲傷，應該說更像是一種徬徨，邊哭邊回頭望著外面車棚下的那袋玉米，模模糊糊地叫著，番麥啦，伊尚愛呷番麥啦……。

一般說來，火化爐可以熔掉一塊鐵，但就是不准烤玉米。我沒有心情懷念那段有關玉米的往事，但那些歲月她確實吃過不少玉米，公媳兩人忙完農事就在田土中堆窯，新摘的玉米烤起來特別香，她吃不夠又去摘，我父親說他這個媳婦嫁進來都是吃著玉米過日子的。那時我在哪裡呢，如果不去台北設廠就好了，等我把她接回台北，那些玉米彷彿堵在胃裡還沒消化，一個女人不為人知的渴望或許遲早都會爆發的吧，接觸到新世界後便把那些殘渣全都吐掉了。

雨還在下著。雨變粗了。天空不見了。

這時一個卡車司機衝了進來，拿著一張送貨單直呼著我的名字，然後指著卡車上一架架的花圈，問我到底要卸在哪裡？

我問他誰送的花圈，他盯著雨濕的貨單，只剩一滴滴模糊的墨暈。

我告訴他，喪禮就要結束了，送花圈是來鬧場的嗎？

他頻頻致歉，說他老闆本來不想接單，對方卻堅持要送來。

他甚至爬上了貨卡，抬起疊在最上面的花圈叫我看。糊著一層玻璃紙，字體都還在，只是雨太大了，滴滴哆哆一片雄渾的淒涼。我撐著傘跟上去把雨柱擋開，那片紙面這才緩緩地露出了原形，像揭開一則不好笑的謎底那樣，四個斗大的字體頑強地冒了出來：音容宛在。

底下還有字，真的糊掉了，歪歪斜斜的高福德的敬輓……。

女兒的喪假結束後，打包了更多衣物，兩個大皮箱，一個軟背袋。我下樓倒車開進巷口攔截，果然讓她進退不得。她只好把行李置入後箱，乖乖爬到後座，像又搭上了以前那段溫馨而短暫的旅程。

但我不再回頭看她了。已經很久沒有機會看著她，以致忽然有些顧忌，很怕她又轉向窗外，凝結著一臉恨意直到終點。終點其實就在二十分鐘後的車站，車子開快點莫不就像趕赴著可怕的訣別。

「乾脆載妳回學校？」我試探著說。

她坐得很低，不讓我從後視鏡看見她的臉。因此我只能等待，猜她沉默的恨意何時可以化解。時機越來越急，往車站必須左轉，若要載往學校那就得開上右線的高速公路了。

她卻突然叫我停車。

車子滑入慢車道，停下來剛好是別人的店口，我以為她想要買些飲品，沒想到下車後竟然把前門打開了，並且突然坐了進來。

「我警告你，不能進去媽媽的房間。」

「至少我應該進去稍稍整理一下。」

「我已經換了鎖，隨便動一下會亂掉，我要原來的樣子。」

「誰都想要原來的樣子……。」

後來我答應她了，因為她願意讓我載回學校。

南下的車程，兩個小時才會抵達的大學——原來幸福還可以如此漫長，她終於坐在我的身邊了，就算沉默比說話多，至少兩人的距離再也不像噩夢那麼遠。中途我們還轉進了休息站，她不反對喝杯咖啡，我跑進賣店裡點單，一邊看著窗外她的孤單的背影，那無止盡的悲傷應該就要過去了，一棵活生生的落葉樹不過就是暫時掉光葉子而已。

我們多久多久沒有坐在一起喝咖啡了。

然而這時她說：「有一件事，我想還是要讓你知道。」

因為太突然，我暗暗閉上了眼睛。有些事最好還是不知道的好。
後來我卻都知道了。
「我要去英國。」她說。
我暫時鬆了一口氣，馬上答應幫她籌備出國留學的錢。
她狐疑地看著我，「你那種錢教我怎麼念書？」
「等我把新技術研發出來，我想……，」
「不用，我申請的是度假打工簽證，不怕存不到錢，兩年後我會留在英國念研究所。我只想讓你知道，以後不用等我，如果沒有我的消息，那是因為我可能都在國外。」
「妳早就決定了嗎，為什麼現在才想要說？」
怕沒機會了呀。她後來說。
當我目送著她走進校園，她沒有回頭看，甚至轉進了一個彎道，發現無路可走才又從一排大樹中繞出來。我獨自開著破車轉入回程時，夏日的驟雨又在途中暴落著。天邊不時閃電，路面逐漸淅瀝成河，兩旁狹窄的視野只剩模糊的樹影，前方別人的霧燈像一截菸蒂丟進了水裡。

回到台北還沒黃昏，屋裡卻是黑的，走不進已經上鎖的房間。

●

寫給女兒的簡訊，簡單到只寫平安兩字，很怕她煩，只想讓她快讀，回我一個好字也好。當然她沒有回音。她不擔心路上那陣暴雨奪走我的生命，自然也有可能認為我被奪走也沒關係的吧，可是快要抵達學校的車子裡她明明也是哭著的啊，靜靜地流著淚，不讓我瞧見罷了。

如果換成美樂作為她的化身，也許較能夠體會我的心情吧——我那有關椅墊的研發，用一種夢想來看，是只要活下去就能實現的願望。我多麼渴望和她分享這份喜悅，不久以後就要著手進行了，她會想要聽嗎，像個女兒那樣地靜靜坐下來聽……。

我又回到樓下發動了車子，朝著那條溪邊小路開了過去。野地四處沒有一盞燈，溪流的湍聲忽遠忽近，雲層裡空有一鉤弦月，像一張悲傷的側臉那樣蒼黃地黯淡著。車燈照見鐵皮屋前面的駁坎時，堤下的草叢立即傳來一連聲狗吠，看不見的邊坡一直踢踏響，叫得最凶猛的兩三隻衝上來了。

我只好趕緊關窗，滅掉了車頂燈，牠的腳爪開始撩扒車身，幸好這時出現了手電筒的白光，隨著幾聲低低的喝止，我總算聽出了她那短促的嗓音。她來到擋風玻璃旁邊站著，光圈直射著方向盤，手電筒越挪越近，最後就像捺印般把整個燈頭蓋在玻璃上。

暗亮中她在說話，聲音聽不見，像在很遠的樹林裡。

打開車窗後，她說：我想應該就是你。

我下車跟在她後面，一條披肩在她頸背上飄著翻角的暗影，每走一步她垂下手電筒替我照路，撥開的蔓草中雜沓著沙沙的踩踩聲。最後一階的駁坎離地很高，她俐落一躍，已經站在最下面等我。我盯著她投注的光圈，先踩上一塊露濕的石頭，沒想到一瞬間滑了下去，撲倒在她身上時那些狗又叫了起來。

第一次走進來的鐵皮屋，空落落幾張藤椅，靠牆貼著一排層板，除了擺放著零星工具，只有幾塊漂木大概是溪邊撿來的，再來就只剩下一個燈泡吊在半空中。

「這種地方妳是怎麼睡覺的？」

「站著睡呀。」

她把屋口的爐火打開，掛上了爬滿老鏽的鐵壺，轉身笑著說：騙你的啦，隨後指著左側的牆角，原來有條鐵線懸著花色簡單的掛簾，睡床就在裡面，遮不住的角落垂掛著長長短短的裙衫。

她沖了兩杯茶，臨時拖來一條長椅當桌，兩眼毫無倦意，看來也是整夜沒睡的那種孤寂。卻又不容懷疑，她參加會餐見客時就是從這裡走出去的，搖身一變的花紅柳綠，全新的戴美樂小姐嫵媚登場，沒有人知道她每次上妝穿衣竟然就在這片簡陋的掛簾裡。

當然這種日子應該結束了，簡直就像鬼地方的這種地方。

「美樂，有一件事我很不安。」

「你後悔把我們解散了？」

「不是，高立委開一張支票要給妳，我拒絕了。」

「嗯。」

「我認為那不是妳想要的。但我又擔心他不會那麼快罷休，萬一直接來找妳怎麼辦？妳希望見到他嗎？還是應該趕快離開，這裡太危險了，以後我已經幫不上忙。」

「我才不相信他會來把我滅口。」

「希望是我想太多，但是……。」

「嗯，那你教我，應該怎麼做？」

「我突然想，不如乾脆收下他的錢，讓他安心。」

「多少錢，他為什麼要給我錢？」

「我沒有看支票，他說可以讓妳過一段好日子。」

她喝了茶，摘去了披肩，提著水壺再去加熱，從她頸後貼下來的短衫露著褲頭上一橫白，彷彿讓我看見了一個親人的家居，是那麼素常簡單地出現在這樣的夜晚。然而一想到這只不過是個暫時的幻夢，突然就湧起一股非常不捨的淒酸了，也許只因為出於同情吧，把我自己的困境混淆在一起了。

「要怎麼做，其實我都想過了。」她坐下來說。

「那最好，只要有自己的打算，這件事就會過去。」

「這件事怎麼會過去？」

「那妳想到什麼，不要胡來。」

「我想到的，也要你願意……。」

我停頓下來，喝著茶，看著外面看不透的黑。

我想，以她目前這樣的處境，基於一般人普遍性的同情，誰都願意幫她出主意吧，但我不能再插手了，她幸好沒有看到高立委那天的絕情。沒有路可走了，她應該去走自己的路，趕快離開這間鐵皮屋。

我凝視著門外的黑暗超過了她一直等待的時間。

於是她又開口了。

「告訴你吧，那天我去參加了喪禮。」

她的聲音忽然低沉下來，「我躲在樹下，看見你的女兒坐在那裡摺蓮花，看見你父親後來一直哭，下著大雨啊，哭得那麼傷心，都讓我聽到了。只有你沒有哭。但我知道你為什麼沒有哭，你心裡還有更多的悲傷超過了死亡，如果哭得出來就好了。不是嗎，我也是哭不出來才會去認識你的呀。」

「妳說到哪裡了？」

「當時我就是抱著這種心情去你那裡應徵，總比死了好，是這麼想的。你後來不是叫我脫衣服嗎？我也真的脫了，那需要多少勇氣，怕不能過關，只好一邊脫衣服還一邊對著你笑，你的眼睛那時睜開又閉起來，害羞的竟然不是我，反而把你嚇到了。」

她起身偎來旁邊的藤椅，突然抓起我的手放在她的膝蓋上，「真的只剩下四根了，好可憐，我曾經夢到它已經長了出來。」

說著竟然哭了，激動地扳著已經癒合的傷口，由於用力過猛，竟然把我當時的痛楚又扳回來了，「那時候你答應那些黑道把我叫回去不就沒事了，為什麼要這樣，害我一直要為你活著嗎？」

「妳在說什麼，那是兩回事。」

「好，我就不說了，你就趕快答應我。」

「到底要答應什麼？」

她撫著短缺的我的斷指，垂著軟軟的脖子貼在我臉上。

「我會教你，只要你願意和我一起死。」

●

天亮後我就開始打電話了，一直沒有人接聽。

我已經想好了說詞，感謝他送來那幾個濕答答的花圈。如果還有機會，我想約他當面再談，這回恐怕是換我來恐嚇他，年底還要不要選舉，該柔軟還是要柔軟，總該流下幾滴懺悔的眼淚，如果美樂心裡充滿著恨，除了死，還有什麼傻事她做不出來。

後來助理說，高立委出去了。

沒多久電話就打過來了，旁邊的聲音很吵，卻掩不住他的驚喜，他說南部老家的選務正在部署，過幾天才會上台北，要我等他回來再約個時間。電話掛斷前，他又提起那張支票，一疊聲問著，同意了嗎？她同意了嗎？像個急切的商家等著我成交。

我多麼想告訴他，美樂快要出事了。

隨後一想反而覺得毛骨悚然，這不就是他最想聽到的？

那麼，除了錢之外，好像什麼都沒有了。

我一直在尋找的那些我所失去的，原來美樂竟然早就失去了。

連續幾天我把自己關了起來，屋子裡狹窄又荒涼，從廚房走到客廳只有八個小步，扣掉那個禁止進入的房間，我只能躺在沙發或睡鋪上停留，也就是說我彷彿看管著一個無人之地而活著，其實已經死去了那般。

於是偶爾就會在鬼魅般的睡夢中無聲地飄走起來。

這樣的時刻，便有輕輕的聲音傳來：一起死吧，一起死吧……。

直到這麼一天，高立委還沒來電，我卻收到了一封掛號函。

裡面沒有信紙，是一張三摺卡片，上頁繪著粉紅蠟彩的小花。

中頁則是短短幾行字，縮著小小的身體那樣的筆跡：

不然還有一個方法，以前我怎麼都沒有想到呢？

我為每條狗編上名字了，志工朋友今天已經把牠們載走。

溪邊剩下我一人，換你來收容我吧，去鄉下種菜也好啊。

省下的飼料錢用來租禮服，而且我把法院公證處訂下來了。

卡片最下摺，標示著時間、地點，畫了兩顆心。

第二行，寫著：新娘戴美樂小姐

第三行，換用鉛筆打圈：新郎（自己填）先生

溪邊沒有地址，信封照著法院的所在地抄下來。

是在服務處趴著寫的吧，偏一邊的字體，幾乎看見了她歪斜的身影。

去年來應徵時也是那樣地勾著臉，強作一種世故的灑脫，實則那一瞬間她把衣服脫下來時，那雙眼睛是朝著外面陽台避開了的，似乎刻意脫離自己的肉體，使她純潔的靈魂不致受到我的汙辱，才會裸著上身看起來非常不在意的樣子，不像別的女孩手忙腳亂地想要遮掩起來。

然而在那不便審視太久的靜默中，我還是把她貼身的祕密記下來了，那白挺挺的乳房右側一個小小的粉痣，從此成為我想她以及不想她時無所不在的衝擊。尤其當我把她交到一個饞鬼手中，那種罪惡感以及我的痛心，簡直就像失去了所有又重新失去一次那樣。

如今她忽然要成為我的新娘了。

可以嗎，我真的可以嗎？整個下午，讀著她的邀請卡的下午，我來回撞

牆般走在急亂的方寸之間，不斷想著這麼多年來我所堅持的，想著如今爾後那些不可能再回來的——我更且緊捏著小指頭的末端，想像當有一天我真的擁抱著美樂新娘時，它已經趕不回來參加這種生命中的歡愉了，整個指頭斷在無名指的夾縫旁，像個失恃的孩子那樣孤單。

黃昏降臨時我不知所措地哭了起來。

遠方的來信

我在他背後看了很久，不忍心把他拆穿，
一直等到最後他終於靜下來，
突然開始說話，叫著夫人……妳的名字。

我不知道的祕密，你也不要告訴別人。

1

每逢週三清晨，我的母親就會挽著菜籃子出門，只要默數五十秒，大約就能聽見樓下鐵門被她關上的聲音，然後她走出騎樓，來到我的視線下方等著車子經過。在她即將穿入對面那條不規則的小巷時，她會轉過頭來朝我勾著臉，昂起那種顯然知道我也看著她的神情，有點開心，又很淘氣似地，抬手在空中一揮，才收起笑容走進那條巷子。

每逢這樣的清晨快要到來，前一晚我會早睡，依賴鬧鐘把我叫醒，七點已經梳洗完畢來到客廳，這時的窗邊已有微弱的光，小餐桌逐漸映亮，我父親的那隻藤椅這時彷彿就會前後搖晃起來，像個不在場的人頻頻搖著頭說：很難受啊、快想辦法來救我啊……那樣地催促著，於是我只好打起精神，眼睛更加明亮地看著四周。

然後看著母親又從那條巷子裡走回來。

她買回來的東西都很細碎，大抵離不開小肉小菜的食材。雞肉不能帶骨頭的喲，豆皮裡面也不能包其他的菜喲，連一塊魚都被他們檢查有沒有刺，好像要給小孩吃……。清洗著食材的時候，因為只開著小水，說話的聲音稍稍抬高就聽得見，且是那麼清脆，聽得出那種語氣都是刻意愉悅起來的尾音。

探監食物不能超過兩公斤，她第一次碰壁才曉得，炒了一鍋子黃麵，被獄吏推開時灑了一地，聽說整個接見室到處飄著蝦米香。後來知道送進去的料理應該重質不重量，她才學到了細膩，每樣菜都離不開蔥和蒜，買回來先泡水，套上圍兜後開始清洗，細膩地洗，就著水龍頭下軟軟的花灑，洗呀洗呀便就兀自說起話來：

煮那麼香，他吃了不感動才怪。

可是太好吃可以嗎，被人聞到了一定跑過來搶。

我碰過一個犯人剛送進來，很像殺過人，好擔心……。

上次滷了一整隻的雞腿，抽出了骨頭，捨不得剁成塊，說要讓父親拿在手上慢慢啃，才不會被同囚那些人搶筷子吃光光。她還示範給我看，食指穿進腿肉裡，硬撐著彷彿一個布袋戲偶的出場，沒想到那隻雞腿就像小兒痲痺那麼癱軟，舉到空中就彎倒了。

每次探監她會做出三樣菜，分別裝進鐵盒裡，最後撒上細滾滾的芹菜花，自己捧起來聞，深吸一口氣，瞇著眼睛陶醉在那傻大姊般的稚氣裡，直到猛然眨幾下眼，好像眨到了忽然滾出來的淚花，這時她才靜默下來，把餐盒紮上花布巾，然後匆匆跑進去換衣，穿上前晚掛起來的衣服出奇地快，一轉眼已經蹬下樓梯，趕搭八點五十的巴士去另一個站牌轉車，以便準時到達嶺東科技大學後方的那所監獄。

然後我開始上網，查看人力銀行有關聘僱或臨時派遣的訊息。

接著就是等郵差，十點半會來一班，女郵差的煞車較淺，減速後慢慢滑進騎樓，從她停留的時間就能猜測投遞了幾個信箱；男郵差的引擎聲則特別渾重，輾過水表蓋哐啷一聲，還沒離開已經不耐煩地猛催油，一瞬之後就消失在我的落寞中。

不管男郵差女郵差，我寄出去的求職信一直沒有帶來希望。

這些訊息再度撲空後，我才去陽台收回已經風乾的白鵝毛，打開一根根圓梭狀的桂竹籤，連同棉線和小剪刀一起鋪上桌，開始專心製作母親幫人代工的扒耳棒。

扒耳棒當然就是用來扒耳，除了掏出耳屎，說不定還能掏出一些髒話或沉澱的記憶。扒耳棒另外一端繫著鵝毛，使用的材料不是普通的棉花，而是專挑每頭鵝最柔軟的屁股毛，一頭鵝只能做一支扒耳棒，也就是說一個社會系畢業的大學生每天早上起來摸著鵝屁股，為的就是讓別人感到舒服，也讓自己趕快過完又是那麼無望的一天。

母親不做理髮師後，這項手藝暫時緩解了家用之苦。她整天窩在小客廳，到處都是浮躁的毛絮，窗口不能有風，綁棉線的時候甚至還要憋著呼吸，手上的剪刀則用來修飾，講求編毛的層次，上乘的扒耳棒就像一朵小白花還沒開，伸進了耳朵才會完美地綻放。

挖耳朵雖然清閒，做扒耳棒卻一點都不輕鬆，趕著交貨更要全神貫注，母親想要說話時只好歪向一邊，有時還能發現她噘著嘴。那麼，我應該也是一樣，為了避免吹掉鵝毛，為了對齊細密的毛邊，母子兩人好像噘著嘴賭氣或像說著一種無聲的唇語，多少沖淡一些做這種耳扒有點討厭又非常沒出息的心情。

午後一點半母親才能回到家，我等她一起吃飯，那些沒裝進盒子裡的剩菜就是我們的午餐。通常我會算準時間，在她進屋前把菜熱過一遍，端上桌時冒著煙，而她剛好開門進來。

每個週三午後。

●

上個月我已探過監，那天中午剛剛退伍，勉強趕得上當兵以來第一次的會面。父親當時有些錯愕，畢竟時間不是慣常的上午，而且一進去我就哭了，哭得非常傷心。以前從沒看過他剃著光頭，頭髮本來亂又長，一下子像個和尚穿著囚裝，脖子也變細了，兩隻長長的眼睛便好像吊得很高，一看就是巨變過後還在驚慌的狼狽樣。

他看到我並沒有很開心，可能還有點惶恐，一直對著母親說話，刻意說得很專注，對眼前的食物充滿著好奇，一邊吃著一邊嚼出話來，「小女，妳說這是什麼肉，上次吃完我還夢到它。」

「里肌肉啦，」母親抓著我的手放到他面前，「看看你兒子，當完兵手臂變粗了，可是好黑喔，這麼黑呀。」

說著翻起我的短袖子，露出了藏在裡面的白。

「嗯。」他說。

在那半個多小時的短暫會面中，他就只是冷冷說了這個字。嗯。他的眼尾在那一瞬間閃過的剪影，我想，應該是混雜著驚慌、閃躲或者某些我一直無法了解的訊息。

「小女，以後多放一點鹽。」扒了滿嘴的菜，他說。

吃太鹹不好啦，母親漫應著，隨後拿出剛打好的毛衣，要他脫下囚衣穿在裡面。結果毛衣穿成了罩衫。她自己有點傻眼，忙著調弄兩邊的肩線，還是不行，只好繞到背後再瞧幾眼，像個失手的裁縫猛跺腳，深吸著鼻子，顯然忍住了哭泣，疑惑著他以前的肉瘦到哪裡去了。

那麼瘦啊……，兩手掩在嘴上哦哦地悶哼著。

被冷落的我，匆匆跑來看他的我，只好站在封閉的接見室愣在一旁。然而就在這時，他雖然像個稻草人平伸著試穿的雙手，卻趁她彎著腰調弄下襬之際，突然鼓起眼睛直瞪著我，那兩顆珠子滾滾地飄動，然後凝定在我的鼻子嘴巴之間，很像又是以前那種故意搞笑的怪模樣。

我想問他到底要做什麼，卻又不是當著母親的面可以說出來的，只好趕緊把臉避開。但我知道，他這種暗示應該也是一種禁止，禁止我亂說話，禁止別人知道更多。除了禁止，他似乎也有話想說，因為眼睛又飄起來了，突然睨著母親的側身，像要等她走，不能讓她聽見任何一點訊息。

我和他之間的祕密，誰知道呢？連檢察官都被矇過去了。

官司雖然已定讞，表面是一樁車禍，依法條上的業務過失重傷害罪起訴↓判刑↓入獄，人也關進來了，但其實沒有這麼簡單。事件發生時一片混亂，而我就在他的駕駛座旁，像很多次的黃昏那樣，我們本來準備回家。那條小街他經常跑，電影院就在附近，攬了客人就繞進來，有時是乘客指定，因為從這條捷徑轉出去就是一路暢通的雙線道。

沒想到捷徑變成了他的死巷，一直到現在我們還卡在那裡。

我陪他上過法庭，他完全沒有吭聲，如果那是一種懺悔，起碼也有一滴眼淚，卻沒有，只是獃愣著站在那裡，任憑對方律師指著罵，從頭到尾死去了那般。

那是我入伍前最後一次看著他，平常那麼放浪的丑樣子，站在法庭裡忽然萎縮成蕭索的背影。隨後我就當兵去了，隔著離島大海，輾轉聽到的是雙方和解破局，而他放棄了上訴，請求法官讓他儘快入獄服刑。

所有的真相從此凍結在這個小房間，藏在他頻頻瞟動的眼睛裡。

真相是什麼，其實我更想知道，否則我們永遠都走不出來。

那件毛衣塞弄一陣後，他開始顯得不耐煩，悄悄瞥我一眼，突然正色說：

「小女，以後不要來了。」

「啊，不要來，你說的是兒子，還是我？」

為了單獨和我會面，他沉聲說：「妳不要來了。」

探監回來的路上，四周微微起著風，母親挽著我的臂彎，手指頭意外地冰冷，眼睛逆著風瞇起來，腳底其實是有些顛簸的，像走在一條沒有盡頭的遠路上。

我們走到公車站牌時，她把冰冷的指尖藏到拳頭裡。

「小女，沒關係，以後換我來看他。」

「你還要找工作，哪有那麼多時間。」

我們各自說了一句話。在建國市場附近下車後，等著巴士回去大里的家，天空突然暗下來，廣場那邊颳起西北雨的領頭風，把她的花領子咻咻地翻上來。她一直沒有抬手按住它，任它啪噠趴噠在風中吹打，只顧看著更遠的更模糊的陰陰的天空那邊去了。

●

小女不是母親的名字，但我也叫她小女。

父親轉業開計程車之前，每次推銷藥品回家，第一聲就是叫著小女，替他脫鞋子，替他捏脖子，然後端著一杯水跟在他後面。若要說得更早，在我懂事前，我也跟著叫她小女了。那時她愛穿一種花花彩彩的緊身衣做瑜伽，人長得很嬌小，躺在地上看不見頭和腳，和我玩遊戲時滾來滾去，當我喊著小女妳在哪裡，她就故意滾到另一邊，有時躲在桌底下裝睡，直到聽見我哭，那彩球一樣的身體才又慢慢舒展回來。

他們是相親結婚的，對象本來是她二姊，見了面卻不再往來，直到有一天突然被我外公叫去家裡喝茶，兩泡後竟然敲定了小女的婚姻。外公說：「女兒我有六個，其實看來看去還是小女比較適合，你們看起來很有夫妻相，不信再坐一下，她就要從理髮店下班回來了，先看她幾眼再說。」

不久，從一排透天厝直對過去的小路盡頭，我母親果然出現了，二十歲的洗頭妹，聽說那天穿著潔白的小制服，短短地頂著學生頭，慢慢走來時還踢著地上的小石頭，根本不知道父母親和一堆叔嬸已經遠遠看著她。聽說還唱著歌。唱完了最後一句，來到三間厝外發覺簷下人影晃動，這才慌慌地佇在那裡不走，直到四嬸跑出去把她拉進來，一扳一頓拖著鵝黃色的包腳鞋。

相親不成的叫婉倩，從理髮店回來的叫婉停。「停就是停下來別再生一堆婉女的意思啦，嫁給我之後才改名叫婉婷。」父親還告訴我，那時他也知道婉倩明明躲在房間裡，但就是不想見他，而大家正在等著看好戲，頓時讓他感到人海茫茫，只好陪著大家一起等，等到那雙小腿終於踉蹌進來，一隻鞋子刮掉在門檻下，她彎腰撿起來時剛好對著他的眼睛。

「其實那時我就想好了，只要不是缺一條腿，那就娶了再說吧，相親這種事本來就沒什麼好期待，娶了哪個不都是一樣嗎？喂，我把什麼祕密都告訴你了，但這件事你絕不能讓小女知道喔。」

小女就這樣被我們叫熟了。至少剛上學第一天我就這麼叫她，當著老師同學目瞪口呆的臉，頗為自然地朝她揮手叫著，「小女，快回去啦，再見。」

一直到父親把人撞癱，而我即將入伍，一時面臨著即將無親可依的窘境，忍不住想要叫她一聲媽媽，其實已經來不及了。那時的情感，噎著一股無奈說不出來，這才發覺我們給她的這種稱謂未免太過隨便了，會是父親長期以來對一個洗頭妹的揶揄嗎？其中沒有輕蔑的意思嗎？否則原本只是外公自己的謙稱，到他口中竟成為一輩子的小女。

小女還是繼續去探他的監，就算被拒絕，每逢週三還是一樣早起，患了重感冒就戴起口罩，一分不差就是要走進對面那條巷子，頂多走起路來有點搖晃，不再回頭看我，那越走越小的身影像要去朝聖，回來後累得不成人形。

直到一個月後，同樣買了菜回來，卻不再那麼輕快地自言自語著了。弄好了幾樣菜，端過來蓋上網罩，直接走進了她的房間。我盯著時鐘叫她，很久才開門，穿一件我不曾看過的洋裝，桃紅色的，領口垂著一條鍊子，頸後經常綁起來的髮束也鬆開了，沒想過她有那麼像樣的黑髮，翻落在肩膀上還跳盪了一下。

她說臨時要去面試。有家進口商已經通過了初審，老闆今天剛好出巡到分公司，簡單面談後應該就能開始上班。

未完成的扒耳棒散置一旁，茶几上下都是那些凌亂的鵝毛花。

「這些怎麼辦，以後妳都不做了？」

「嗯，我已經做超過一萬支。」

她指著網罩下的菜碟子，「中午你就吃這些，不要留。」

「小女，妳知道今天禮拜三……。」

「他討厭我。」

兩手扠進髮下撥弄著，想起了東西沒拿，又匆匆跑進了房間。

然而在這極為平常的轉身中，我聞到的卻是一股陌生的氣味。

究竟那是幾種花卉的混香呢，或只因為我不熟悉，我聞到她背後的花香那一瞬間，竟湧起了一種莫名的感應，恍然覺得這個家好像也快要失去她了。

她讓我想起社會系最後的學期，有天下午來了一位代課老師，進來時口罩覆著臉，沙啞地抱怨著海線那邊吹來的風。戴著眼鏡，頭髮藏在一條灰色包巾裡，雖不能說她像個老嫗，起碼也是小女那種枯乾的外型，看起來毫不起眼，整張臉封閉得像個走錯教室的老間諜。

教室裡持續著懶散的笑談聲，說著彼此的趣事，說著畢業後的想法，連有機農田都拿來當成了話題，但就是沒人理會台上站著一個人。在這一片鴉飛雀亂的吵嚷中，她開始敲著書本。眼看制止無效，突然拋下手上那本書，口罩摘了下來，兩片嘴唇翹起了粉紅的怒顏，「欺負我，你們、還有你們……，還想要畢業嗎？」

那沙沙的聲音一時迴盪在凝靜下來的空氣中，許多斜坐著的肩頭紛紛轉正回來，看著那張臉孔越嗔怒越有一種奇特的韻味，口罩悶過的膚色好似一塊貼布剛剛撕開，迸出了有點漲紅卻又慢慢暈開了的白。

接著就看她的演出了。她把頭上那條灰色的包巾解開，黑亮的長髮爭先恐後瀉下來，小小的臉孔左右一頓，像個賽車女郎剛剛衝破百里路，是那麼驕傲神氣地看著我們，然後正色起來，對著桌上那疊講義大聲念道：「至於強權社會裡的一個微弱本質就是……。」

小女挽著皮包出門時，我從她背後看到的那一道神祕曲線，或者說是某種我忽然不敢直視的幻影，竟然就那麼神似地疊合在那個代課老師身上了，以致讓我一時無法分辨出她們兩人誰是誰，只感覺都是同一人的魅身，充滿著我的想像與陌生。

●

接見室不許人犯喧譁，否則他會大聲飆起來。

我帶來的飯菜裝在紙盒裡，當然也沒有那條他最熟悉的花布巾。監獄附近販賣的探監菜，沒有幾樣可選，不是肉排就是炸魚片，說要多可口只有天曉得，它的好處是方便，獄吏只瞄一眼就放我進來。

我打開飯盒，有好幾秒鐘他愣在這些一看就知道的菜色裡。

他約略啖了幾口，似乎心有不甘，忘了不讓小女探監也是他自己的決定。嘴裡啐出小塊肉渣後，煩躁地咕噥著，把盒子推到了一邊，咂著唇角有點鄙夷，開始抱怨昨晚一直睡不好，夢到假釋條件沒通過，路上被人追殺才突然驚醒。

他還沒有夢到小女已經出門上班。

旁邊都是其他人犯的家屬，這時他朝我壓低了聲音。

「坦白告訴你，我想死。」

說完這句話，好像感到有些驕傲，停下來看著我。

嗯，我也想死，我心裡說。我發覺他在等待，不是等我同意讓他死，而是希望我來安慰他。以前也是這樣，心情低落就不載客，寧可載著我到處去繞遊，途中下車買酒，然後開到荒郊野外，從下午喝到星星出來。通常都是喝到了大約七分茫，醉醺醺地開始大吐苦水，痛罵他的人生都因為奸人所害，沒讓他爬上藥品經理的大位反而把他掃地出門。

「你不會以為我只能開計程車吧？」

每次總要說一遍這樣的話，怕我看不起他。

但也有溫馨的一面，少有人像我們這樣的父子關係。他喜歡趁我沒課，計程車直接開進校園，歇在一排鳳凰樹下等我出來，然後隨他高興左轉右轉。我們去過山上，也曾在暗夜裡潛入海港，不然就是任何一處荒煙之地，臨時一頂帳棚搭在高低不平的田壟旁，天亮後地上還有殘留的炊煙，父子兩人各自對著晨光刷牙漱口，一堆喝過的空酒瓶歪倒在四周。

「你不用解釋嗎，為什麼上個禮拜沒有來？」

「小女臨時有事，本來飯菜都煮好了。」

「我就是在等你，那天不是暗示過了？」

我停頓半晌，一直想要忍住，終於還是忍不住了。

「我和小女也不好過，每天關在家裡比你更痛苦，客廳到處都是羽毛，鼻子容易過敏，又不能隨便擤鼻涕。打噴嚏就更糟糕，所有的羽毛都會飛到空中，就算一根一根撿回來，全都亂掉了，只能當垃圾處理掉。」

「你說的羽毛是什麼，難道你們在家裡養鳥？」

原來他都不知道，小女一直瞞著他。她做了一年的手工，又捏又綁的拇指和食指已經破了皮，需要扣到剪刀的中指也跟著起泡了，只能休息幾天等它脫下一層皮。這樣說還不對。脫皮後照樣還要忙著洗菜泡水，回頭還要把每根竹籤磨光擦亮，用的都是重複的傷指，就算勉強換用其他手指使力，進度不僅慢下來，出手不穩還會刮傷指側，等於兩手十根指頭全都一起遭殃。

「家裡當然不養鳥，」我看著他，「小女每天都在做代工，需要用到很多鵝毛，而且都是鵝屁股的毛，細又柔軟，所以到處亂飛。」

「幹你娘，你是來看我，還是來胡說八道？」

「當然是來看你，但是我也可以順便介紹一下怎麼製作耳扒，耳扒就是扒耳棒，每一根的兩端都要做，當作原子筆夾在口袋裡很方便，可是做的人都有傷。」

我還告訴他，小女趕工時都要做到凌晨，而且每天都在趕工。

這時他靜默下來了，像伸懶腰那樣把兩手推了出去，然後交叉握成一個大拳頭，兩眼沉沉地盯著它。我不知道他想著什麼，聽完如果感到不捨，那最好，我對著他的拳頭說：「不信的話，下禮拜我帶她一起來，你仔細看看她的手，說不定你只是因為疏忽，我相信你本來就不是殘酷的人。」

他鬆開手拿回便當盒，扒進了一口白飯默默地嚼起來。

我以為他被我打動了，暗自鬆了一口氣，總算把他小孩一樣的莽撞壓制了下來。然而幾分鐘後，我才發覺不對，他雖然扒著飯，嘴裡嚼爛的飯糜卻完全沒有吞下去。此刻他塞進一口又一口，塞滿後還想再塞，嘴裡的飯粒已經滿溢出來，臉頰兩邊開始鼓脹，顴骨跟著高高突起，然後朝著我撐開了突然暴紅的眼睛。

他瘋了，我不知道他在做什麼，未免太過驚悚的畫面，彷彿正在變幻著一張厲鬼的臉……。

這時他的食道、喉管突然痙攣起來了，卻又被自己滿嘴的飯糜堵塞住，以致就算想要趕快吐出來已不得要領，漲紅的臉孔泛著一層暗影，眼角一瞬間奔出了幾點淚光，很像在對我求救，又很像正在死。

我起身想要按鈴，被他暗吼著一股氣音制止了。他插進兩根手指，強把兩邊的唇角扳開，然後臉孔朝下，進行他每次爛醉後的那種催吐，這才把一團團混雜著血絲的東西噴了出來。

他張著大嘴喘氣，聲腔已經完全走調，「不要以為我在開玩笑，我說的都是實話，我真的想死。哼，早就想好了，你不來找我，我就這樣死。自殺很簡單，就看到底要不要死。鼻孔先堵死，嘴巴裡面全部塞滿，兩手甚至可以緊扣在口袋裡，光是這樣憋氣就能把腦血管爆掉，監視器沒辦法發現，你也阻止不了。」

「為什麼要這樣？」

「我知道你是來應付我。」

「本來就在等這一天，好好跟你聊。」

「想聊什麼那就直說，說出你的真心話，不要只是繃著臉。看起來那麼無奈，大概認為我做了不該做的事，活該被關在這裡，對吧？現在我們之間大概只剩下同情了，你本來就知道我沒出息，發生那種事當然就更糟糕，以後你會慢慢疏遠我，別說我看不出來。」

「我和小女每天都在等你假釋回家。」

「不要等，除非你說清楚，那天你看到什麼？」

「我只是搭你的便車，能看到什麼……。」

「回去，如果要這樣，我不想再聽。」

他又扒進了一口飯，在我逃離之前，好像還要表演一次。

●

當我重新拿起鵝毛，一簇簇對準了竹籤頭，準備用棉線把它圈綁起來時，手指頭便又開始顫抖，上下對不準它，就算綁好了線，鬆脫的羽絮還是又掉下來。我試著夾緊雙臂，想要鎮住手指末端的神經，那種感覺反而蔓延到了肩膀，然後全身陷入恐慌。

那一副厲鬼般的模樣隨時會浮現著來。

我上網查探相關的資訊，想知道如果不藉外物而能自行毀滅，可能性究竟多大，原來至少也要有個塑膠袋從頭套下，且又不見得毫無痛苦就能輕易得逞。但是，倘若是，倘若他真的擁有如他所說的那種意志力，擦槍著火也不是不可能，光那幾個示範動作多凶猛，一點都不費力，想把自己救回來反而比較困難。

我連睡覺都出問題，瞇起來的眼球還在滾動，緊閉它反而壓不住它。爬下床後，回到凌晨的客廳反覆做著扒耳棒，做到頭昏眼花再回房靜躺，然而整晚還是清醒，更多的聲浪一直傳來，裹進棉被裡更加感到恐懼悲哀。

小女睡在隔壁房，我不想讓她知道太多。她自從報到上班後，渾身散發著一種奇妙的俐落感，說起話來快而明確，很像一隻小鳥找到青春的天空。

她每天穿著套裝制服出門，那家公司頗有名氣的睡衣品牌印在胸前，走起路來不再低著頭了，發現我在看她時竟有著初開的蓓蕾那般羞澀和喜悅。

不分日夜，我瘋狂地做著扒耳棒。

戴上手套無法捏準線頭，脫下手套後一種刺蝟之痛瞬間傳來。

至於開著電視作為分心逃逸的出口，難免又會碰到那些不開心的畫面，自殺事件時有所聞，突兀的訊息插播進來時，手上的鵝毛瞬間飛散，比鵝毛還輕的戰慄感從腳底竄起，乍聽以為父親的噩耗傳來，我甚至跑到螢幕前一探究竟，確認那只是別人的悲劇才放下心來。

但我感到非常丟臉。退伍後的這段時間，我應該已在一個基金會上班。畢業前我曾去應徵，他們願意保留位子給我，雖然我只能從事基層工作，但主事者看重我加入許多社團的履歷，很訝異社會上還有像我這樣的熱血青年。舉凡慈善公益的參與，我常利用每個寒暑假風雨無阻，所到之處都是孤兒老人的院所或是陷入急難的貧苦家庭。我曾被同學質疑所為何來，他們不知道其實這都是來自窮困本身，我深知那種生活中的無望遲早會變成傷害，倘若不去關懷更多弱勢者，總有一天我們也會被世俗憐憫而成為那樣的人。

如今還沒起步卻掉進了黑暗的深淵。成為那事件的目擊者後，我開始學會說謊，在警察面前辯稱那是父親一時恍神，在父親面前卻又要隱瞞我所看到的。我是在保護他，他卻不放過我，一面期待我說出真相，一面害怕我真的說出真相。

我現在才知道那個祕密對他如此重要，祕密是他活下去的依靠，倘若我草率地說出實話，無疑就是加速逼他死。那麼，接下來到底要怎麼做？他處在矛盾的世界裡，而我活在他的世界裡，我們已經綁在一起走不出來。

基金會知道我已退伍，通知寄來了，我沒有臉去那裡報到。

我繼續追蹤人力銀行，買來的報紙被我翻遍了求職欄，一封封應徵信狂寄出去，最高期望只想做一名職員，最低期望則沒有任何下限，連看管倉庫的職缺都沒有漏掉，卻還是一直等不到回音。

我繼續做著扒耳棒，分分秒秒處在不安中。椅子桌面滿滿的半成品，小女只要下班回來，推開門就是空中還沒落下的鵝毛花，滿屋子的白絮隨著竄進來的氣流飄舞，然後是那脆亮的聲音說：哇，你今天又沒休息，做了那麼多呀……。

我說，小女，趕快通知廠商，材料快用完了，或是妳把地址給我，我直接送成品過去，再拿新的一批回來。

「不行，我正打算和他們結清尾款，以後都不要做什麼代工了。看看你的手，天呀，還有你的眼睛，怎麼都是血絲，你怎麼了，為什麼要這樣，一天賺不到五百塊，需要這樣不計代價嗎？」

她不知道我快崩潰了。

後來我乾脆關掉電視，改以輕柔的音樂隨處飄揚，每做成一支扒耳棒就想像那是一種釋放。我還跟著節拍走，好聽的節拍讓我稍稍感到放鬆，我勇敢地聽見郵差來了又走，看到報紙上的悲劇也不再那麼慌張。嗯，我竟然還有一個想法，在這如此黯淡的日子裡，倘若我還有能力安慰某些悲劇家庭，也許以前那個充滿自信的我就回來了，能夠同情別人是那麼重要，就像安慰著自己那樣。

因此，當我看到報紙上的一個待業青年，像我這樣的青年，突然被告知他的家人仰藥輕生——我已不再因為這樣的巧合感到驚恐了，只想著是否應該寫封信給他呢，雖然不知道要寄往何方？

最後，還是寄出去了。我寄出了一封慰問信。

●

他吃得很開心，菜色已經換過，多了魚羹和獅子頭，都是飯店師傅的拿手菜，雖然繞遠路帶過來只剩一點餘溫，擺上桌也算一場盛宴了。

他要我陪他吃，我說剛吃飽，還咂了一下嘴。我的胃裡其實是空的，已經連續幾日沒有食欲，感覺不到什麼是餓，只想要喝水。我在餐廳等菜時喝了一瓶礦泉水。

探監時間算得剛剛好，我怕他又鬧上次的情緒，門一推開就讓他看到我。事實上我還提早到，很早就在監獄外面徘徊，圍牆外其他人和我差不多，每個人的神情都很愁慘，但接見室打開後就不一樣了，所有的心事都在見面時隱藏下來。

「這些菜不可能是小女做的。」他說。

「她去上班了。」

「哦，不錯啊，可是她能做什麼，給客人洗頭嗎？」

他把魚羹倒入飯裡，攪拌後舀進一口，兩片嘴唇受到美味的滋潤，嘖嘖發出了欣喜讚嘆的聲音。我還沒回答小女去哪裡上班，而他看來也不想知道。魚羹太好吃了。我聞不出它的香味，也無法想像他雖然想死，卻還能吃得這麼專注。過去一年，小女是怎麼撐過來的，就算細心料理那些菜，恐怕從來沒有聽過他的讚美，好吃的定義或許還要加上情感，小女就算使出了渾身解數，不見得會讓他看在眼裡。

我起身想去拿水，他狐疑著說：「那麼快就要走？」

我只好回來坐下，深靠在椅背上，還把大腿擱上大腿。

然後告訴他，教化科提出了假釋申請，說不定很快就能出去。

「我每天都在作噩夢，夢到的東西都很奇怪。」

「夢都相反，你只要忍耐，服從……。」

「那當然，叫我給那些穿制服的洗內褲都願意。」

他訕訕地笑起來，情緒難得那麼平靜。我趁勝追擊，說起和內褲相關的輕鬆往事給他聽：記得嗎，我們去過那座山谷釣魚玩水，把帳棚搭在溪邊，那裡有軟軟的沙床，躺在上面好像聽見溪水流過脊椎。到了天亮前突然下起大雨，那兩條內褲就掛在帳棚外的火堆旁邊，收回來時已經燻滿了煙渣，比原來的還髒，穿在身上涼涼的……。

「那條野溪很少人知道，溪蝦特別肥，」他抹抹嘴，把餐盒蓋上，「光靠兩支手網就撈了大半桶，就算躲在那裡過日子也不怕餓死。」

「而且很奇怪，那裡的溪哥特別好釣，拉起來都是兩尾。有一次我不只拉上兩尾，竟然還有第三尾緊跟著衝出水面，看了我一眼才又掉進水裡。」

「嗯，你拉起來的時候我也看到了，魚多到那種程度。」

那細細長長的眼睛亮了起來。

「以後我們再去，小女也去，她不曾和我們露過營。」

他突然看著我，「你總是把她扯進來，她到底知道多少？」

我嚇一跳，很怕自己又說錯話，幸好會面時間快到了。

「她很孤單，我從來都沒有告訴她。」

「那我再問一次，撞到人的時候，你看到什麼？」

「當然只看到那個人倒下去。」

「我是說還沒撞到，快要撞到，有沒有，那幾秒鐘你還有印象。」

「車子一衝上去，我就嚇呆了。」

「哦，你可能還不了解我為什麼想死。我被關當然是活該，但你明明看到了，為什麼還要隱瞞？我這樣出去的話，不如死在這裡。」

「怎麼會，我們照以前那樣過日子。」

「不可能，以後的日子要怎麼過？我們是不是應該把內心話說清楚，我真的很想知道你的看法。如果你不坦誠，那要怎麼相處，我們以前不是無話不談嗎？」

獄吏走過來了。我跟著站起來。

「以後你也不要來了，我就知道會一團糟。」

他兩手抱在胸前，依然坐著，看來不想回監。

●

郵差終於上門了。等了多久，收到的竟然是法院的文書。

以前我只知道和解無望，卻沒想到對方採取行動了。我找對方律師問，他告訴我如果有異議還可以提出來，但只剩二十天，再來就是強制執行。

「執行什麼？當然就是查封房子，難道你們以為是在開玩笑嗎？我留手機號碼給你，隨時可以打過來，但是要籌到錢。」

兩個房間的公寓，小女唯一的歸宿就在這裡。一旦查封拍賣，以我對她的了解，她還是會想辦法活下去吧，只是到時不管她去哪裡，大概就是只剩下半條命的小女了。

收到法院支付命令後，緊接著，監獄裡那傢伙，假釋被駁回……。

兩件事讓我一起發狂，我掃開了做到一半的扒耳棒，屋子裡的鵝毛亂飛，桌上滿滿一堆竹籤、報紙、剪刀和棉線，這些不相干的東西竟然是這樣地把我綁在一起。一個社會系畢業的人還不能踏入社會，簡直就像一隻動物困在籠子裡回不到森林，我真的不想這樣啊，此刻只想趕快離開這個牢房。

我乾脆一口氣抄完了所有的信封，剩下的履歷表全都分裝進去，幾乎錯亂到分不清哪家公司已經重複寫過一次。

趁著出門寄信，我在鬧區的電話亭打給小女，問她今晚是否還要加班，我有些話想和她談談。她說好啊，難得你在外面，而且我本來就快下班了嘛，我們一起吃飯……。

我不曾聽過小女在電話中的聲音，很像親切又陌生的一種久別重逢，混合起來很好聽，不像平常那麼憂愁了，而且不是刻意表現出來的熱情，應該本來就是她自己的聲音，只可惜長期被禁錮著就走調了。

我還沒走進騎樓，她已站在外面等我，腳下一雙碧亮的新鞋，把她嬌小的身軀墊高到我肩上。但畢竟是剛買的鞋子，走起來還不太自在，踩著鞋後跟卻又忽然蹦起腳來。

東北季風揚起她的髮尾，一絲絲飄曳到我的脖子裡。

「順便告訴你，我的試用期通過了，今晚請你吃大餐。」

我跟著她走進一家侍者帶位的西餐廳，她甚至知道鋼琴旁邊有個雙人座，再過去就是多人會餐的長形桌。她把皮包擱在顯眼的左側，手機映著天花板的水晶光。侍者欠身過來時，她看著我的臉回應對方說：氣泡水，謝謝。

無名指上繪著銀箔色的小花，她用另一個指尖點著那道牛排時，提醒侍者先來兩杯熱咖啡，「菜慢一點上，我們有事要先談。」

「那請問今天的牛排要幾分熟？」

三分呀，她說。侍者離開後，她對著我咯咯笑起來。

「寧願吃生一點，免得被人瞧不起。」

咖啡不加糖，她啜了半口含在嘴裡，這才發現我正在看著她發呆。有好幾個深夜她開門回家，身上沒有酒味，也看不出加班後的疲憊，顯然就是喝了這種黑咖啡，不斷地幫她提神，或者幫她找到了自己。

「兒子，你想說什麼，是要讓我猜嗎？」

「他的假釋申請，駁回了。」

她沒回答，沒失望，沒傷心，或許因為沒等待。

「我想說的是，接下來他還要再關一年，妳能不能辭掉工作，就像以前那樣，時間一到就去看他，習慣了就好。不然我快要完蛋了，他會繼續鬧，每次看到我就追問車禍那件事，一直問我看到什麼，隱瞞什麼，是不是很看不起他？妳聽我說，反正出事的時候妳不在場，他不會纏著妳，妳只要負責煮那些菜讓他吃飽就可以了。」

「嗯，那就說說看，你到底是看到了什麼？」

「當然是看到了不該看到的。」

「繼續說呀，我在聽。」

「還沒撞到的時候，他故意加速。」

「再說一遍。」

「小女，妳已經聽到了。」

她把銀箔色的花指甲縮進掌心，連同其他幾隻握成了拳頭擱在咖啡旁。我讓她低頭不語，長達幾分鐘她陷入可怕的沉默，直到抬起臉的那一瞬間，我才發現那雙眼睛彷彿受了傷，想要看著我，睜開又閉上了。

這樣的時刻，我說不出房子也快要被查封的消息。

眼睛總算對著我的時候，卻突然說了這樣的話：

「記得你說過，車禍發生時，那個女人也在旁邊。」

「他們夫妻走在一起，車子剛好閃過她。」

「我不敢知道那是為什麼，可是每天無緣無故就會想起……。」

「明天我想去找她，不管怎樣我已經退伍，去探望他們也是應該的，我也很想知道他們為什麼不願意和解。」

「嗯，這樣也好……。」

她突然拘謹起來，兩手縮回到膝蓋上，那一身俐落感不見了，無助地望著我，眼淚終於掉下來了，聲音越來越低，像在說給自己聽，「但是你要答應我，我不知道的祕密，你也不要告訴別人……。」

2

房子外觀一大片深窗厚牆，看起來就是養病的地方，它避開了大馬路的嘈雜，獨自盤踞在私設巷道內一塊圈著綠籬的土地上。我等了很久，外傭慢慢走來開門，才讓我見識到門檻內一直延伸而去的草皮飛石，比我想像中的開闊更為深幽。

問他要做什麼？對講機裡的女聲說。

外傭跟著重問一遍，「你要做什麼？」

「探病，我是肇事者的兒子。」

我抬起手上的鮮花，掏出一封慰問卡對著牆上的電眼。

「別理他，關門，阿霞妳進來。」

大門碰一聲關上了。天空微陰，後面的巷子沒有半個人影。

我跑了第二趟，然後第三趟、第四趟，外傭不再把門打開。

每次我照樣捧著花，臉上不敢有一絲的倦怠或懶散，當然我也沒有笑容，只有滿臉愧疚直對著牆上那隻黑眼睛。有時我枯等到花朵明顯萎縮，有時附近人家探出頭來並且拉下了鐵門。前天還下著大雨，我濕淋淋地躲在牆簷下直到黃昏降臨。我當然以為這樣可以得到憐憫，可是當我走回巷口發動了摩托車，我所看到的臨窗的房間竟然也是幽暗的，這時才深深感到羞慚，原來這家人雖然富裕卻也一樣活在痛苦裡吧，才有那麼黯淡的陰影籠罩在房屋四周。

聽說對方每天坐在輪椅上，陪伴的只有他的太太和一個傭人。光是這樣的結果，我覺得倘若他們願意讓我進去，像朝山膜拜那樣爬著進去都行，我想表達的雖然是一個肇事者家屬的歉意，但也其實暗藏著自己的私心。為了小女以後還有地方住，每天讓我爬進去跪著都行，我甚至願意跪到有一天那個男主人從癱瘓中站起來。

我繼續買花，兩腿把花夾在摩托車的擋風板下，車程半小時，沿著旱溪橋畔越過大路，騎到盡頭就是這棟別墅所在的巷子。有時我不再傻傻地按鈴等待，而是遠遠躲在巷口轉角一棵樹下，想像那女人總有一天開車出門，或者不無可能她剛好從外面回家。反正我就是要親手把花交給她，想說的已經寫在卡片裡，我們家沒有人畏罪潛逃，當事人也已被禁錮在監獄裡接受懲罰。

和律師通電話的第八天，我把卡片丟進他們的鐵門信箱裡。

至於捧在手上越看越孤單的白花，我在一棵樹下扔掉了。

然而當我沮喪地回到巷子裡牽車時，那個阿霞外傭突然鑽出鐵門，跑到巷口喂喂喂地叫著，兩手像個車掌揮在空中召喚。

啊，我後來終於見到的徐太太，她從挑空的迴旋梯走下來了，短髮剪到耳邊，耳垂下方晃蕩著陰天午後穗花般的銀光。她邊走邊說話，拿著我那張卡片，彷彿急著下樓送客，一步都沒停下來，「這張卡片是你寫的嗎？你說你爸爸的假釋沒通過，有沒有騙我？」

「還要關一年。」

「真巧，我以為他快出來了，才趕快決定要強制執行。」

「夫人……。」

「我就是要讓他活著不如死，慢慢折磨。」

那束花扔掉了，我只好鼓起勇氣說：「我是來探望徐先生。」

早就該來了，她說。

她走到玄關旁，把我打量一番，然後對著上面的樓梯說：「你是要來看他已經壞掉的部分，或是還沒有壞掉的？」

●

還沒壞掉的是徐先生的眼睛。

為了看見我，他的頭頸向右打斜，臉上的肌肉上下拉扯，然後抿嘴唇，讓那雙眼睛終於找到好位置，用力睜開時像一對黯淡的晨星。

脖子拉著長長的筋脈，浮在喉結兩邊跳動著。

床側擺滿了維生儀器，另一邊是個小通道，遠處開窗的角落映著外面進來的光。光線太過微弱吧，看起來比我想像中還慘，我很想摸摸他的手，但它藏在棉被裡，包括下半身都沒有一處看得見。我只好繼續對著他的臉，這時他大概想把眼睛撐得更開，整個上身便又在起伏中縮成一團。

一直闔不起來的是他的嘴形，說不出話，聲音都是氣音。

這景象把我想說的話完全卡住了，我轉身看著夫人，希望她能有些話題，罵我一頓也行，總不能不吭聲讓我難堪。她一直不靠近，只站在側邊的窗口看著，一副不關她事的冷眼旁觀，像個舍監等著陌生訪客快快離開。

但我不想走，這畫面確實讓我感到痛苦，就算我是為了房子而來，談不成和解也算是報應，以後我和小女只好一起承受，我們也許擔不起這個罪，但眼前這種景象誰又擔得起呢？

後來我是怎麼回到家，真不敢想像，那死靜的氛圍把我折騰了很久，而且我也知道夫人是有意如此。我把看到的情景說給小女聽，本來她剛下班還有好心情，被攪亂後愣在一旁，倒是說出了我還沒想到的話，「她聽到假釋被駁回才願意見你，可見還充滿恨，一心一意要讓他關在監獄。」

和解的事就算了，她說。

「小女，妳是不是害怕，不想知道更多？」

「談和解總要說一個數字，她都不想談，當時我在急診處一直懇求她，從頭到尾不說一句話。」

這是當然的吧，我想。若把父親的焦慮連結在那麼冷漠的夫人身上，問題可能就更複雜，好像已經超出了對與錯的事件本身。小女並非不想知道，她是不敢越過那條線，生怕踩到線後無路可走。

她寧願相信丈夫平常只愛搞笑，每一件正經事都故意做得不正經。計程車出門營業時，不論夏天冬天，他總是反穿著同樣一件白夾克，兩手套進去，再由小女幫他從後面提上拉鍊，兩個特製的大口袋便就朝著背後敞開，方便客人下車時直接把錢丟進口袋裡。若要找零，駕駛座底下有一個硬幣筒，客人要找多少零錢自己掏。

他說這樣可以省麻煩，「也不會摸到髒錢，開計程車本來就是暫時的，誰願意永遠這樣沒出息。」

收車回家時，他會通知小女在樓下等他，幫忙從背後口袋裡取錢。因為很多客人直接丟硬幣，有時大口袋就會沉到屁股，而他又不准小女先把拉鍊解開，免得沉甸甸的硬幣會在夾克鬆開後把拉鍊扯壞了。於是只要黃昏收工，我們公寓樓下便有那種掏錢數錢的場面，他急著搶在別人下班前把車停妥，自己卻又不動手，寧願嬉皮笑臉聽著小女抱怨：你自己不會脫下來唷，真奇怪。

我是廢人嘛，沒看過賣口香糖的也都這樣嗎？他說。

「不過這也讓我看到人性，」他私底下告訴我，「每天跑多少生意大概都差不多，客人自己丟錢時總有一些短少，能省則省嘛，當作他們是在添香油錢，一天被賴掉兩百三百也是難免的。這樣多好玩，連客人也在玩。」

至於他另外的那種猥瑣的開車習性，小女就不知道了。

他喜歡抄捷徑繞巷子，不純粹為了趕時間，反倒是讓車速慢下來時可以東看西看，好吃的攤子停下來，指給我看的都是一些舊招牌，趁機會賣弄一些他所知有限的零碎記憶。然後，一旦發現單身女子走偏到路中央，他的煞車板便逐漸踩得更深，引擎不動聲色，車身輕輕滑行，車距控制在和對方同步的速度，直到慢慢接近前面的屁股，這時他才猛然按出尖銳的喇叭，把對方嚇得驚慌失措，看著她撫著胸口閃到路邊。

他喜歡那些咒罵聲從窗外糊糊地傳來，有時甚至搖下車窗聆聽著那些形單影隻的驚慌，像鬼屋的窗口傳來那些純屬女性的尖聲吶喊。這種時刻，他整個臉趴在方向盤上，像一隻蟲唧唧唧地啼笑著，然後轉頭看我，等著我加入和他同樂，得不到共鳴時，那惡作劇的餘興一時難以收尾，只好冷哼哼自嘲幾聲，這才繼續往前開，意猶未盡地離開那條巷子。

但某些時刻他卻又慷慨得過頭了，偶爾看見了老人、孕婦，顛抖著或遲緩地越出路肩時，他會突然把車停下來，跑出去攙扶他們過街，甚至留在對面街廊下和他們聊上幾句。穿街回來時，他還不忘回頭看，說著不謝啦不客氣啦的那種死樣子，爬進車子裡吹著一聲兩聲口哨，看起來心癢癢，引擎捨不得發動，兩手扶在方向盤上微笑著陶醉著。

以他那種超慢速的整人伎倆，或他突然大發慈悲的善舉，或者悠哉地繞來繞去把我拐到山上露營，他從來就不是為了趕時間開快車的人。那麼，誰知道呢，就算時間再撥回去，重來一次那天的光景——好吧，車子進來了，大不了十米寬的小街，車速能快到多少，何況他一邊說著話，正在問我接到兵單後會被派到哪裡？

街上沒什麼人，而我們本來準備回家……。

●

就是這一天。

謝師宴結束後，我們在餐廳樓下會合。我懷疑他開來的不是便車，而是專程來的，騙我說剛好載客人來到電影院，很近，餐廳就在旁邊。門口有點冷清，我進去便利商店還沒買好東西，車子就到了，並沒有如他所說的什麼客人在那裡下車。很多次都說是巧合，都是剛好，剛好經過學校、車站、志工社或是剛好路上遇到我，我甚至懷疑他運用各種方式證明他不是計程車司機。

電影還沒散場，街上空清清，於是他轉進來了。

「以前當兵才苦好不好，那些班長不是變態就是魔鬼，」他關掉了音響，車子慢下來，「現在多輕鬆，錢也多，而且……，」

這悲哀的父親突然把自己打斷了，因為那個厄運就是從這裡開始的，「你看前面這個女的，女人就是這樣顧前不顧後，都以為路是她自己的，不管別人有沒有路走。」

他說的正是騎樓下閃出來的女子，手上勾著小紙袋，朝著同向的路徑往前走。豔陽下的午後，花花的短裙特別亮眼，那雙小腿是那麼慵懶，隨身的袋子輕晃著，沒多久就晃到了路中間。

我又開始冒汗了，「拜託，你不要再這樣。」

「沒關係，總得讓她知道自己不對。」

車子跟上去，悄悄在那片短裙後面慢下來。

這種時刻我又得趕緊閉上眼睛，總感到非常羞愧，很怕對方把我歸類為同樣猥褻的人。可是天氣太熱了，因而喇叭聲好像特別響，在我闔眼之前，那條驚慌的短裙，或者說它像一片荷葉吧，突然攤開跌坐在柏油路上了。

隨著她的尖叫，騎樓下突然衝出兩名大漢把車頭擋下來，其中一個看來就像她的家人，掄著一根拉鐵門用的金屬條，敲開了車窗作勢要打，於是他就這麼被拖出去了。

他兩手護在頭上，頻頻往後閃，鐵條卻像削甘蔗那樣把他反穿的夾克拉鍊一切兩斷，傾瀉出來的硬幣嘩嘩跳著，滾到了水溝蓋上還在旋轉。

附近的店家圍來更多人，然後，在那根鐵條的逼迫下，我眼睜睜看著他在眾人面前跪下了。當我從副駕駛座跳下車時，才發現他的臉埋到膝蓋上，背部隆起，兩手緊抱著乾扁的肚子，像個乞食者跪坐在那裡。我替他求饒，不停地說著對不起，人縫中這才讓出缺口，但那根鐵條依然橫壓在他背上，他只好伏地爬行，全身幾乎趴在地上，快要爬到駕駛座上時，那些憤怒的拳頭開始捶擊車身的肚皮。

他發動了引擎，我跟著跳上車，本來趕快開走也就沒事了。

然而在這要命的關頭，他卻又慢下來，滿臉悲悽地看我一眼。

怎麼說呢，曾經是那麼親密的父子，彷彿在這一瞬間分手了。

暴雨般的拳頭繼續搥落在車子上，而附近電影院散場了，更多的人影晃過了車窗。其中卻有一對夫婦走得最慢，男的回頭猛笑著，笑完繼續走，突然想到什麼又回頭，還忍不住伸來一隻手，指著擋風玻璃再爆笑一次，直到旁邊那女的轉身過來勸阻，那副笑謔過頭的樣子才稍稍收斂。

但是來不及了。我聽見了油門輕踩的聲音，像深土裡的小蟲悄悄在蠕動，然後越爬越高，像他的油門越踩越深，直到整台車猛然發出怒吼。

我們是真的準備要回家的啊，我搭他的便車回家……。

車子衝出去時，對準了那男人的背影，把他們兩人撞開了。

夫人同意讓我探望後，從此一連幾天沒有間斷。

那扇黑色鐵門從深鎖、猶豫、微啟到自動打開，外傭會直接帶我上樓，而徐先生總在這個時間剛好醒來，他似乎已經習慣了我的出現，我寫在白板上的祝福擦掉再擦掉，而他也非常期待我一直寫，寫出更多⋯⋯。

這天，我又準備上樓時，阿霞卻把我擋在玄關。

她叫我等，夫人交代這次要親自帶我上去。

我雖然有些納悶，卻也慶幸終於看見了徐家的客廳，裡面有聲音傳來，夫人正在講電話，她跟對方解釋著什麼，說她今天不能出門。

客廳牆面都是白色的，櫥櫃、窗緣和天花板的線條也是乳酪白。白的還有夫人的背影，頸上的肌膚以及半透明垂下來的披肩。她說著電話轉頭掠我一眼，那張臉也很白，冷冷的白，像她輕輕掛上的話筒那樣白。旁邊的茶几也是，電話線當然也是整條白，蔓延到地毯上鑲著金邊的圖案彷彿也一起白了起來。

「你是要把這房子看透嗎？」她說著走過來。

我收回視線後跟著她上樓。房間裡的病體又在微微蠕動，徐先生或許想要坐起來，整張臉扭曲著，哦哦哼哼地啐出模糊的氣音。

我想要俯身去聽，夫人說話了。

「他說今天又能看到你，他很高興。」

他聽得懂呢，而且立即發出了彷彿讚許的聲音。

「夫人，他有機會……治好嗎？」

「應該有，只要找個人來替他受盡折磨。」

哦……，我說。我垂下頭，想著自己應該可以再說些什麼。

她馬上接著說：「好了，就這樣，這是最後一次。」

我不明白她的意思，她卻已經走出房間，徐先生這時似乎很不高興，我聽見他在怒吼，那微弱的聲音拉得很長，隨時會突然碎掉了的那種淒涼。但我只能跟著她下樓，她毫無表情，連踩下階梯的背影也是那麼平靜，這種氣氛反而使我非常難受，眼前所見幾乎都是一片淡淡的哀傷。我不敢隨意發出任何聲音，尤其這時剛好居高臨下，突然看得更清楚，她的頭髮……，藏在髮漩裡的竟然也是一綹白，我想這是她不想讓人看見的吧，可是我都看見了。

「你還可以坐五分鐘。」來到客廳時，她說。

剛才瀏覽過的那些白，形成一片陰影黯淡著。

「多可憐，他還不知道你是誰，敵人變朋友，代價是那麼殘酷。」

說完後她踢開拖鞋，上身往後靠，兩隻腳併起來像在祈禱。

「對了，剛才你可能沒聽懂，我再說一次，以後不用來了。你每天來，是在等我回應嗎？我就趁現在說清楚，要我簽字和解不可能，要我放棄查封那就更難了。你既然是剛退伍，那就表示還沒踏入社會，可能不太清楚什麼是痛苦。痛苦不會痛，不痛才是真正的苦，說不出來，沒有範圍，也摸不到形狀，因為是無形的，所以每天還會蔓延。」

「我們真該死。」我低頭說。

「水果帶回去，我們不隨便使用外面的東西。這裡任何角落都要消毒，病毒最喜歡找病人麻煩，隨便一次感染就會引起肺炎，連我自己也被他們列為可疑分子，把我看成了另一種病毒。」

阿霞拿水來。給我一杯茶，她說。

「你知道和解是什麼，和解的代價有多大，和解以後受苦的還是我。他的家人規定我不能隨便外出，出門要先報備，車上的鏡子隨時看得到兩台幽靈車跟在後面兜圈子。可見我們多有錢，錢多到徐家人自己都不敢相信，只好訂出一大堆家規，男的出門去包養情婦沒什麼大不了，女的卻要負責維護名聲，我去看一場電影最好說出片名，不然坐在螢幕前又要窮緊張，擔心他們全家動員到處找我把柄。這樣你懂嗎？這都是誰造成的，不就是監獄裡的那個瘋子。我說完了，你回去吧，不要期待我可以救你媽，同樣都是女人，她救她自己吧，我也是這樣過日子的。」

「小女……我媽也是受盡了折磨。」

「叫她走出去。」

「她最近開始上班……。」

「你真的聽不懂？我說的是叫她走遠一點。一個男人會有兩份愛嗎？叫她別傻了，丈夫是什麼丈夫，如果他愛錯人，怎麼可能還有感情去愛她。」

「我真的不懂夫人的意思，為什麼突然提到愛……？」

「因為受夠了。」

●

夫人的暗示就像一堆食糜堵在我的胃裡。多可怕，她看到了什麼，幾句話就穿透一個人的內心，譬如愛啊恨啊那種情感上的縹緲，實在不像一個貴婦人隨便說說的用語。

不和解，也不放棄查封，卻又認為小女應該走出去——那麼，父親當年那椿戲劇化的相親，難道也是她早就打聽到的訊息？

幸好我已不再那麼焦慮了，這都是寫了很多慰問信的報償，我一直把希望寄給別人，竟也讓自己得到了祝福似地。當然，夫人也帶來一種啟示，表面她非常冷漠，實則也是為了活下去才壓抑著痛苦。連富人都這樣，窮人更難逃脫種種命運的陰影，我還能靜下來寫信算是很幸運的了，無形中好像多出一個人和我說話，說著說著就安頓了下來。

由此可見，像我這樣的待業青年，只能說暫時路過一條隧道罷了。

我擔憂的反倒是本來最安靜的小女，她回家的時間慢慢地晚，雖然中途會打電話回來聲明：沒有喝酒喔，是和同事唱歌啦，唱到第二首就走音了……。但回家時那張臉卻是紅通通，就算輕沾幾口不算喝，我怕她是一口沒喝就醉了。有一夜更晚，有人載她回來，黑色的車子停靠在對面路燈下，小女明明已經上了樓梯，那部車卻還沒開走，像一塊含情脈脈的黑鐵，寧願被更深的黑夜融化了那般。

敬啟者

……

所以，就忍不住寫信給你了，我們應該互相勉勵。

一定要堅強，陌生人的關心更有力量，希望你也感受到了。

活下去就有奇蹟……。

我已不清楚這是第幾封的慰問信，何況一直沒有回音，每封信都是請報社代轉，說不定一封都不曾送到對方手上。但我只好這麼想，就算有一天全部退回來，那些排山倒海的信件好像回頭慰問著我自己……。

監獄傳來了好消息。為了紓解年度大掃除的忙亂，接見時間每班縮短十五分鐘，也就是說，我只要捱過平常一半的時間就能對他交差。可是也有一則壞消息。獄方提出警告，他自從得知假釋沒通過，經常大鬧牢房，已被列入禁見兩週的黑名單。

在監獄附近買好了方便菜時，我想，不如給他一道新鮮的吧。

於是見到他的時候，我就直接這麼說了，「為了求他們原諒，我去探望了徐先生，他看起來真的很慘，坐不起來，只能夠歪歪躺著，每天抽痰八次，我本來以為抽痰不會痛苦……。還好他不知道我是誰，徐太太不想讓他知道，否則我早就被他趕出來。」

他咬著一塊肉排，不再嫌菜不好，胸中的深谷似乎有了回音。

我繼續說：「徐太太隔絕外人，沒想到願意讓我進去。我們的房子快要被她查封了，所以我一直替你道歉，雖然確實覺得很丟臉，也很不安，但她比我想像中好，看起來很安靜，只可惜有一點……。」

「有一點怎樣？」

「當然是孤單。難免的啦，那麼有錢的婦人，每天守著癱瘓的丈夫，叫她能做什麼，就一輩子這樣下去了。房子裡面都是白色的，任何人看到都以為走進醫院。」

唯有這樣的時刻，他才願意靜下來聆聽，那看起來乖戾的暴躁的怒顏不見了，臉上的線條是斷了弦的悵惘，線條慢慢鬆開時，臉頰兩邊垮下來。

呵，我慎重地說：「可是我也認為風暴快要過去了，因為她並沒有哭哭啼啼，過去的應該會慢慢沉澱下來。以前我修過一個課程，說這種情境叫做深哀，一個人悲傷到極點就看不到悲傷了，不然為什麼會讓我進去她家，沒有拒絕……。」

他用兩手包著臉，撐在桌上微顫著。

獄方真的要提早收監了，旁邊的人犯陸續站起來。

「有什麼話要我轉告她的嗎？事情發生後她拒絕我們探望，難得現在有這個機會，你說一些道歉的話也是應該的，可以寫一張紙條，或者乾脆寫一封信，下次我替你拿給她。」

彷彿有什麼感應把他觸動了，埋在手掌裡的聲音像悶雷，越是壓抑反而透出了指間，咽咽……，唔唔……，走調了的笛音，孔洞都被他塞住了。

一個多月來他這次最安靜。

就算被拒絕，我能不來嗎？

阿霞正在院子裡澆水，她把關的鐵門遺漏一個縫口，我一閃身溜了進來，本來還想直接上樓，卻被房間裡傳出的聲音震住了。他們在爭執，徐先生孱弱的喉音彷如隔著棉被吶喊，夫人則是飆著失控的節拍，忽高忽低不像夫妻的合音，沿著階梯滾下來，四周空清清地迴盪著。

我一直等到她下樓，才發現她手上抓著一束花，花是幾十朵的紅玫瑰，卻被她倒提著垂在下面，那紮在尾莖充作盆子的鋁箔水一路傾洩，流到我面前時還滴著淺青色的殘液。

拿去丟掉，她對跑進來的阿霞說。

庭院裡兩隻野鴿跳上窗台，還不知道主人正在嗔怒著。

她對著庭院說話，一把火還殘留在她的背影中，那條披肩不見了，黑而半透明的薄紗凌亂地塞在裙子裡。

「不是叫你別再來嗎，來看笑話了。今天是結婚十週年，一大早我就出門買花。你可能不懂，我在花店是一朵一朵慢慢挑，明知道花不能代表什麼，但什麼又能代表什麼，我是替他感到不捨，無緣無故變成這樣的廢人。」

她抱著胸口轉身看我，一眼不眨，兩潭淚光忽然像火一樣，「你談過戀愛嗎？」

看我搖頭，她繼續說：「那你就更不懂大人的事了。平常我是不願意的，剛才突發奇想脫掉了衣服，十週年呀，當作還是以前那樣的夫妻，把他的手拿過來放在胸口，想要逗他開心，沒注意他的指甲還能長那麼快，狠狠的劃過去像貓爪一樣，可見他多麼恨我，嘴巴說不出來，抓一道傷口就讓我完全明白了。你想想看，聽得懂我的意思嗎，這都是誰造的孽？」

「夫人……，」

「今天又要來贖罪啊，那我就偏偏不讓你上去看他。有什麼好看的，就算同情也不要這樣表演，何況他也不能作主，你再跑一百趟還不是乾著急。

你要看他不如看我，這樣吧，嗯……，不是想要和解嗎？今天就給你一個機會，上樓梯左轉，最後一間房，現在就進去裡面好好洗個澡，洗乾淨，不用趕時間，洗完坐在裡面等我。」

說完她喊阿霞，叫她去後院掃落葉，誰來了都不准開門。

陰陰的下午，鴿子飛走了，一陣風拂過了水面的塵埃。

我不敢正面看她的臉，垂下來的眼睛只好停在她的裙帶上，紮在裡面的薄紗沒有塞齊，有一角露在外面了，像個慌張的口袋反抽出來。啊，這才發現她裙下的腳趾甲也是白色的，像在雪地裡凍僵了的那種白。

她的神情本來是那麼憤怒又哀傷，卻因為說得太過露骨，似乎已經打算豁出去，眼裡竟然生出一股重新活過來的神采，直裸裸地看著我，一點都不感到害羞。

我想，這會不會就是一般所說的渴望？情感經過長時間的壓縮，那種寂寞感便就隨時浮上來糾纏，一旦爆發就難以收拾，才有這麼失格的情態，連他們夫妻間的難堪事也抖了出來。

然而此刻的我，又該如何面對下一步的我？經過幾天來的想像，我總算慢慢摸索出他們生命中過去的那種殘缺的輪廓，說我還沒踏入社會，其實他們自己反而早就陷入了深淵——

倘若我父親真的故意猛踩油門，難道不是因為突然發現她在旁邊嗎？那被嘲笑的畫面多可悲，愛不到的愛，過了應該就算了，多年後卻又一轉眼來到他面前，讓他不知所措，以為過去的愛又重來，帶著屈辱來，那麼誇張又逼真，才迫使他失控般衝撞而去。

那麼，她現在的念頭也是故意的吧——準備玩弄我，除了發洩她的寂寞也完成她的復仇，用我的肉體取悅她的肉體，然後用我的身分來凌辱我那悲哀的父親。

我垂坐在沙發上，眼前空中一直飄浮著看不見的氣體，那是一種迷霧帶來的恍惚，我看見自己的膝蓋想要分開卻不斷併攏起來，像兩塊磁鐵抗拒著莫名的相逢，事實上卻又已經很難回頭。

「你光坐在那裡能做什麼？」她站在後面說。

她的聲音像命令，根本不要我的回答。我剩下兩條路可走：一是趕緊奪門而出，但也代表著結束，一切的努力從此成為泡影。不然就上樓，向左轉，最後一間房，進去之後還有一線生機，好比政治角力所謂的重啟談判，任何希望都還沒破局，她可以要到她想要的，我也終於拿到我該拿的——不就是把衣服脫掉嗎，不就是很快又能穿回來嗎，沒有想像中那麼難……。

何況我也不是完全沒有經驗的啊，那個代課老師就常常來到夢裡，每次的扮相都有驚人的性感。我一直迷戀的，是她那天突然解開口罩的那一瞬間，那嗔怒中的臉蛋多麼楚楚動人，是個大姊姊模樣的真女人呢，誰能取代她來到我的想像世界裡。每次入夢來她已褪盡衣衫，抓著敲桌用的小藤條，戲謔地撢打著我的被單，然後一聲聲喊，起來啦、起來啦那樣地催促著，一會兒卻又鑽進了被窩，直到我從驚濤駭浪中醒來，茫茫然坐在床頭，像個孤獨的水手坐在破船中舀水倒海……。

嗯，我終於走上了樓梯。

我想起這個時刻正在上班的小女，不知道她會怎麼想，她能夠理解嗎？

機會不等人，房子查封拍賣後那就更不可能了。當作我是來賣春的喲，小女，我們拿了和解書就走，那時妳也不要再去上班，妳這一步跨得太快了，以後要走多遠的路才能回來自己的家？

我開始洗澡，白色乳液抹遍了全身，摸到哪裡就洗到哪裡，腳趾頭還特別刷了幾次，把我年少以來從未如此對待的塵垢全都刷掉了。還有我的臉，我仰起下巴掏抓鼻腔以及頸上的汗漬，然後看著鏡子裡的白糊糊的自己。我希望夫人一點都不嫌棄，一個處男難免都有生澀的肢體，他必不知道右手如何撫摸，身上的部位哪個地方先來，什麼觸感最能討她歡心，男女間的這種學問其實都不知道啊……。

我還洗了頭髮，當我閉著眼睛沖水時，她敲門了。

「你還沒好嗎？」

我急著回應她，吃進了滿口水泡。草草擦乾時才發覺不對，脫下來的衣服都在床上，而她還沒離開，我甚至聽見她走到床邊拉上了窗簾。我匆匆穿上內衣褲，只好又裹起浴衣，推開門時她已坐在窗角的床緣，兩腿疊在一起，那條短裙顯然又往內縮進了一截，小巧的臀彎像個香瓜快要滾下來的樣子。

「嗯，整個房間都是檸檬味。」她說。

我提起浴衣的袖角捺著額頭，髮尾的水珠還是滴了下來，我懷疑這些都是身上的熱汗，因為她把房門關上了，靜止的空氣使我乾渴，我微張著嘴唇呼吸，卻發現她臉上毫無窒礙，像個老練的女人正在等我嬉玩，那神情中好有一股即將把我吞噬的笑意。

然後她朝我招著手，拿起擱在裙邊的衣服丟過來，「浴衣可以脫掉了，穿上這兩件。」

蛋殼色的休閒褲，異國情調的藍襯衫。我不明白這做什麼用，拿著它走往浴室時，被她叫住了，「有什麼好怕的，我就是要看著你穿呀。」

脫掉浴衣的我，只好背向她，像隻扭捏的海豚朝著牆角套上褲管。雖然這些衣服遲早還是要脫掉，然而人的肉體一旦還有小片的遮掩，反而更會感到羞恥，要一直到越過羞恥的邊界，整個人才會在完全袒露中柔軟下來。

接著穿襯衫，短袖的晴空藍，腋下還夾著一朵雲彩，很難想像她的癖好從何而來，是要我穿起來飛上天嗎？

然而當我把手伸進袖口，才發現它的背部深灰著一片暗影，不像潑墨的山水，應該更像一灘血。我錯愕在這一大片血跡裡，而她起身了，兩手又抱起黑紗的胸口，帶著命令的語氣，「穿呀。」

這時，我大約知道了，彷彿走進了她的噩夢中。

我捏著鈕扣穿不進任何一個扣眼。我在發抖。沮喪中我想哭。我發覺房間裡忽然變暗了，多麼暗啊，燈光都熄滅了，彷彿只剩她的眼睛發出冷光。

我終於穿進所有的扣子時，聽見了她冷冰冰的聲音說：「要不要照鏡子看看，你穿起來真好看。他被撞成殘廢的那一天，穿的就是這套衣服，你們兩個身材真像呀，還好我把這種痛苦留下來了。」

3

敬啟者

請問你就是寫信慰問我們的那位好心人嗎？

這要怎麼說呢，很神奇，我哥哥從鬼門關救回來了。

因為這個奇蹟，我們家恢復了歡笑，都和以前一樣了。

弟妹們搶著看你的信，我負責買小禮物，望能收到。

真的非常感謝……

拆包裹的是我，看信的卻是小女，她不僅搶著看，還取出盒子裡的東西舉在頭上搖盪著。一串銅黃色的小風鈴。她跑去打開陽台的玻璃門，開心地叫著：你快過來呀，傻瓜才愣在那裡，我們不做耳扒了嘛，還怕什麼風，風鈴就是要迎著風的呀。

叮叮，叮叮叮叮，好像遠方有人在說話，風從隔壁樓外的切口吹進來，叮噹著八月不曾有過的清涼。是個女生耶，說不定這是一種緣分……，小女快樂地揶揄著，拿著信又念一遍給我聽，我胡亂回應著，不知說什麼好，不知為什麼忽然兩頰一陣燒紅。

我已想不起這是哪一封慰問信的回禮，就算知道也是個模糊的概念，一個我看不見的人寫信來，最大的意義就是她也看不見我，純粹拋開了人的糾結，像一隻貓寫信給一隻貓，像一隻狗寫信給一隻狗，若不曾見面，我們暫且就可以不成為一個人，人只會帶給人苦惱。

我在輕吟的鈴聲中偷偷看著小女，她的快樂是那麼小，小到一個風鈴也讓她感到歡喜。她還不知道眼前的處境多危險，法院支付命令的時限過後，再來就是隨時會出現的查封，我們掛上風鈴的地方以後就是別人的家了。

一個月悄悄過去了，越平靜就越詭異。

如果要從頭到尾瞞著小女，我能做的就是每天開著門，防備著任何聲音上到樓梯。我嚴密觀察任何人影晃動，萬一碰到時只好和對方理論，阻止他們貼上無情的封條，就算違反了公務的執行，但不違反的下場就是被迫搬家，到時一小串風鈴還能打包帶走，小女的笑聲就很難收拾，找不到盒子裝起來，找到了也已經來不及了。

彷彿一切的困難重來。

夫人並沒有做出任何承諾，我白穿了那一套血衣，頂多只是滿足了她的復仇。然而她又得到什麼，遣走我這個贖罪者後，她的痛苦並不能消滅一分，沒有人解得開她身上那個怨恨的枷鎖。

父親身上也有一個枷鎖，而且已經那麼多年，那種愛不到的愛，多像他那件夾克故意反穿，換了形式套在身上，無非就是欺瞞著自己活在世上。難怪他四處遊蕩，寧願過著逃遁的生活，最常去的就是縣市交界的那片台地，那裡四周沒有高丘，綿延的視野直抵遠方的港口，幾里內都是無人的荒郊，想哭想叫都能盡興，聽說最遠還可以喊到小鎮的海邊。

這兩人身上的枷鎖，冥冥中像手銬一樣同時把我扣住了。

我彷彿奔波在他們走過的巷弄裡，彷彿替他們提著燈籠，那邊亮了這邊暗了，這邊清晰了那邊模糊了，難得我走到了中間，結果燈籠燒了起來，最後也把自己埋進了黑暗中。

那天從徐家倉皇地跑出來時，我似乎忘了最重要的事，沒有讓她知道我父親正在寫信。我曾建議他寫一封道歉信，他並沒有反對。因此如果當時我先傳達了他的善意，說不定她的怨恨就不會繼續燎原。

另一方面，我後來再去探監時，雖然他並沒有託我拿信，我卻看得出那份寫信的情意似乎還在醞釀著，他暫時寫在臉上，就像書法家磨好了墨暫歇下來，只是回房去換一件揮毫用的長衣罷了。至少他不再輕易對我動怒，已能體會我動不動跑去徐家都是為他著想。這就夠了，寫信可以慢慢寫，想要真心道歉才寫，以前怎麼寫就推翻以前，既然都已經男婚女嫁，那就不該繼續沉醉在無愛的愛裡，這個時代誰還稀罕那種愛，沒那種愛了。

因此，解謎的角色似乎又回到我身上，我是不是應該硬著頭皮再跑一趟徐家，不提那天我如何承受她的屈辱也罷，讓她知道車禍現場並不是真正的起火點，時間還要更早，在我出生前他就把自己的世界隔絕起來了。

那麼，我就來說說他是怎麼逃遁的吧，畢竟是和夫人有關的往事。如我所知道的，他經常流連的那一處荒郊，有一次被他發現了一個洞窟，他很興奮地向我誇說那是幾百年前的富豪地窖，超過半個人高。我卻懷疑那只是有錢人家遷葬後的遺墳，結果去了終於證實，只不過是個加長型的土坑罷了，四周都是芒草，上空只有烏雲和幾隻老鷹。

明天再去一趟吧，我替他們提著燈籠就到此為止了。

這條黑暗的巷弄是那麼不好走，裡面沒有任何同情，愛情不需要同情。我只想讓她知道，和徐先生一樣，他也是個重殘者，而且早就殘廢了，躺在一個又一個坑洞中療傷。

●

阿霞沒有應門。我繼續按門鈴，房子裡一片沉寂。

總算等到叩的一聲電音傳來時，吭聲的卻不是阿霞。我垂下頭看著地面，聽見她說：「哦，過了那麼久，沒想到你還來？回去吧，你不覺得這樣太委屈了自己嗎？」

我沒有回答。我只記得小女那天很晚才回家，她看見房間亮著燈，試著敲門，我含著淚水躺在裡面，一直躺到第二天。夫人所說的委屈，從何說起，什麼叫做委屈，顯然她感應到了被侮辱者的痛苦，而她有意淡化這種痛苦。這樣也好，只要可以重新開始。

「好可憐，在賭氣呢，真像個小孩。」

來到客廳坐定後，她催促著說：「阿霞不在，病人也不在，今天是每個月的例行檢查，醫院派車來接走了。所以，房子裡現在就我一個人，你要說什麼就快說，不要害我，說不定有人就在附近看著，那幾個妯娌都有嫌疑，把我趕出門就少掉一個眼中釘，這樣你懂吧，說完趕快走。」

「我只想請求夫人，放過他……。」

「這我知道呀，難道你以前是來散心的嗎？」

她今天的穿著，輕飄飄一件長衫裙，腰間一條細細的銀帶子，看來沒什麼特別，卻因為是那麼簡單才又顯得很不一樣。尤其這副高眺嫵媚的樣子更使我迷惘，很難想像以我父親當年那樣的條件，是經過多久的苦戀才認清了自己的寒微。然後，多少年後，淪為一具沒有感情的軀殼後，他才踏上意興闌珊的相親之路，陰錯陽差地挑了一個洗頭妹回家。

既然催促著趕快說完，我就談起了山上那個土坑……

她不是很認真，看著外面的庭院，有點不耐煩。

我接著說：「他只是一個計程車司機，究竟要尋找什麼，或者他是在逃避什麼，竟然把那坑洞當成第二個家。我對他一點都不能理解，直到答應和他去那裡住一晚，才知道……，夫人，那天晚上，我第一次發現他的祕密。」

我稍停下來，因為她突然起身，從冰箱裡端來一盤水果，拈了一塊送進嘴裡，那輕口慢咬的樣子充滿著機敏，表面故作輕鬆，實則她沒有吞進去，那小塊的果片經由磨碎後一直含在嘴裡。可見她在聽。而且很想聽，不想放過任何細節，似乎擔心當我說到哪裡時，那剛好通過食道的湯汁會淹沒任何祕辛。

「我坐在坑外的草地上看書等他，他載完客人後買了一條魚回來，老遠喊著：白鯧喔，難得買到一條白鯧喔。我們臨時起火，柴枝都是附近撿來的，後行李箱連平底鍋都有，熱鍋後魚就下去了，沒有鹽或是醬油，兩面乾煎後放入紙盤，然後利用那些殘油加水煮麵，整晚吃的就是那樣一餐。」

「夫人妳還想聽嗎？」

「你說你的，不要浪費時間。」

「他平常就喜歡這樣到處野宿，生意清淡就拉著我走，我從來都有一種疑惑，為什麼不讓我母親一起參加呢，只要她加進來就是一個完整的家……。」

她還在聽。

「後來我才明白，他沒有愛過她，只好對我特別好，好到不像父子，好像有意帶我走他的路，把我當成了他的附身。我是怎麼知道的，因為在我面前他從來不遮掩，出口就是髒話，喝酒一定爛醉，興致一來拖著我滾下山坡，然後再摸黑爬上來。每個做父親的都喜歡講些道理，他從來不講道理，說的都是路上看到聽到的，他說光看屁股就知道哪個女人賣春，也說過很多更奇怪的話，說我母親下輩子會養八條狗，唯一被她虐待的那條狗就是他。他說這是一種報應……。」

她用叉子勾著西瓜籽，眼睛一直放在叉子上。

「我們吃麵配白鯧魚，那晚的星星特別亮，我只喝一杯白酒就醉了，爬進坑洞裡才發現枕頭被單都已經擺好，可見他早就布置了那個窩，甚至已經睡過一段時間，寧願一個人躲在那個坑洞裡。夫人，我不清楚他的過去，也看不到他的未來，就像我和母親兩個人也看不到自己的未來。」

「你專程來說這些？」

「半夜裡那個坑洞很冷，我醒來找不到他，爬到洞口才發現他在哭，一個人坐在坡崁上對著黑色的天空，一邊灌酒一邊哀嚎，好像有人拿槍抵著他，不喝就會當場槍斃的樣子。我在他背後看了很久，不忍心把他拆穿，一直等到最後他終於靜下來，突然開始說話，叫著夫人……妳的名字。」

她把水果盤擱下茶几，往背後一靠，嘴裡那些零碎的、再也無法咬合的漿汁全都吞了下去。

「對不起，我本來不知道那就是妳，一直到上次探監，我說我已經探望過徐先生，也見到了夫人。才說到妳，他就突然哽咽了，那時剛好快要收監，我急著想聽他說些什麼，他卻又忍住了。但我還是聽得出來，雖然他用兩隻手包著臉，聲音卻從指縫裡漏出來，聽起來好像就是同樣那兩個字。夫人，那就是妳吧，那兩個字跟著他半輩子，就像他那天晚上的吶喊……。」

「誰的名字不是兩個字？」

「夫人，那是妳的小名。」

她起身拿著盤子走向廚房時，我在背後叫著她，「夏子。」

那長衫裙輕飄飄的背影佇立在水槽邊了，盤子是丟下去的，喀啷一聲後，整個屋子突然死靜下來。我看見她兩手撐著水槽，那白皙的頸子像一梗垂花搖顫著，很久很久，下著雨似地，一聲聲的啜泣彷如一叢花蕊墜地，好一幕暴雨過後的殘景。

●

文惠小姐

……

謝謝妳把看過的電影描繪那麼詳細，我好像跟著妳看完了，真慚愧，退伍以後還沒去過電影院，可想而知我去過的地方更少，半年來除了找工作，就是在幫我母親做一種……

信寫到一半，我才想到應該做一支耳扒送給她。

我找遍了櫃子總算湊合到零星的鵝毛，很快就做好了。回頭接續後半段時卻又猶豫起來，耳扒雖可用來答謝她的風鈴，信倒是應該重寫，「半年來除了找工作……」，這句話看起來太黯淡，反而會連累到本來還算精巧的耳扒，越看越像很沒出息的樣子。

我當然還在等待著求職信的回音……，改成這樣寫比較好吧？才不會讓讀信的人以為我很悲哀。

我決定重寫時卻發現信紙只剩一張，只好又停頓下來。依照文惠小姐和我往來了幾封信件的進展，我寫的字句都比她還長，雖然這是單獨和一個人寫信最大的風險，就像單獨愛一個人……可是任何事物如果沒有這樣的純粹，以後還會那麼認真期待對方的回音嗎？

我打算跑一趟文具店時，電話突然響了。

曾經和我通話的那個聲音說：徐太太要我轉達，她把假處分撤銷了。

我請他再說一遍，聲音太吵了，不像一個重大消息該有的聲音。

然後我說：「那請問魏律師，接下來我要去辦什麼手續？」

「喔，你什麼都不用做，就去好好睡一覺。」

他掛掉電話後，我還握著話筒，捨不得這麼快就斷訊了。

我遲遲無法掛上電話，一直想著找誰來和我說些話，亂說也好，我多麼希望耳朵裡趕快塞滿很多聲音，讓我更清楚這個世界並沒有消失，而我所悲傷的事物也正在一步步逐漸地復原。

我打電話找小女，轉接音樂響起時，才想起她根本不知道這件事。

她自然也是滿頭霧水，「慢慢說，你是怎麼啦？」

「剛才吹來一陣強風，風鈴到現在還響不停。」

「難道法院的人來查封了？」

我叫了起來，「小女，妳在說什麼？」

「你每天晚上都在說夢話，難道我把耳朵塞住了？」

•

帶足了證件後，我跑去申請臨時探監，趕上了最後的接見。

我已不再那麼怕他了，何況身上帶著好消息。接見室雖然一樣那麼狹窄，我卻覺得今天很不一樣，彷彿我的背後有一群人跟著來，像個報佳音團隊在為我助陣，我可以感覺到那是一種充滿希望的光，而我所看到的房間以及使我不斷恐懼的他的臉孔，竟也在一瞬間跟著燦亮了起來。

他聽完後不太相信，卻又忍不住停頓下來回味著，兩眼直盯著我，像要看穿謊言或在困惑著我為什麼興奮得那麼自然。末班探監人少，他應該看得出我不是尋他開心，專程趕過來的，煎熬了多少日子，不就是為了撥開我們家裡的這些陰霾嗎？

我聽見他猛吞著口水，他體內依然還是那麼乾燥、不安和徬徨。可見還不夠，他還想要聽到更多，房子的困擾不是他最關心的，他還有其他的牽掛。那還有誰，不就是突然下達撤銷決定的夫人？

誰的一生中沒有受辱的時刻，不幸的是他那種愛最難堪。

但也唯有霧散的現在此刻，他那種愛才稍稍得到了報償。

「其實在檢察官面前，夫人一直沒有說出實話。」

「你想說什麼？」

「雖然是業務過失重傷害，但她還有保留，不想讓你罪加一等。」

「所以怎樣，你就說出來。」

「想也知道你是故意撞上去的，她只是不說而已。」

「幹你娘，你現在總算說出來了，原來你真的看到了，」雖然罵著，卻咧開了嘴，合不起來，閉上了眼睛，「果然沒錯，那時候你明明都看在眼裡，卻一直裝傻，同情我才說謊的嗎，為什麼現在又願意說出來？」

「因為一切都過去了。」

「你怎麼知道會過去，要怎麼過去？」

「夏子說的。夏子撤銷了查封，已經很明白，一切都過去了。」

他的眼睛張開了，滿臉淒淒然。

因此，我就這麼說吧，「沒有人會原諒你，但是夏子原諒了。」

眼前這個愚蠢的我的父親，我以為他將會十分惱怒，或一巴掌過來，讓我的年幼無知付出代價。卻沒有呢，他整個人鬆軟下來了，像根憤怒的水草彎倒在河面上，等著被任何東西漂走漂遠那樣。

他的額頭慢慢垂下來貼在桌上，強撐到現在應該非常疲憊了。然後過了半晌，沒聽錯的話，他是這麼說的，「挖耳朵……。」

我真的沒有聽錯。這時他又說了一次，挖耳朵。

他這突然柔軟下來的樣子，真像等著誰來安撫他的傷口。

他可能想起有一次，我的右臉貼在小女的大腿上，而他坐在另一個角落抽菸，從小女曲著手臂的垂縫中，我瞧見的是他那滿臉的鄙夷。那時我想，如果他也加進來多好，他不喜歡小女的程度竟然是連挖耳朵也非常瞧不起。

那麼多年後，承受了多少世俗的責難，耳朵裡應該都被很多東西塞滿了。

我試著說：「下次我叫小女偷渡一支進來好了。」

他說，好。

突然是那麼聽話，我的眼淚快掉下來了。我克制著鼻腔、咽喉以及盡我所能可供平靜下來的思緒，這時我反而不急著趕快離開，我悄悄看著他的臉一直貼在桌面上，彷彿真的等待著誰來幫他挖耳朵。

●

有一種來信，還沒回覆就會寢食難安。

有一種來信，回覆之後便又急著開始等待。

由於投遞時間的交錯，有一種來信送到了手中就是兩封。

文惠小姐在信裡寫道：你的工作需要上網嗎？你還願意用這種落伍的方式寫信給我嗎？我覺得這樣好溫暖，也感到非常神祕，我每次回家都會看看信箱，就算沒有來信也很好，不，沒有收到信反而覺得更好，因為第二天又可以開始等待……。

可惜這些來信不能再和小女分享，我怕她高聲念出來會讓我們彼此的神祕感曝光，雖然都只是非常純樸的文字，但一個人獨自擁有可就變得珍貴異常。尤其當她描述她所居住的雨城，那北端的鄉鎮落著小雨的坡道，往郵局走下去都是深秋盛開的火焰花，讀到這裡時，我的心靈幾乎被她牽引過去了。

但我還是應該謹記著濃霧瀰漫的這段日子，感覺中我和父親都被關在一起，沒有歡笑，每說一句話都要非常小心，而當有一天他終於獲得釋放，那時我在哪裡，我逃得出來嗎？還要被關在人生愛恨中那種莫須有的監獄裡嗎？

可是我卻又覺得倘若沒有愛，半封信也很難寫得出來吧？我想我還是應該保有愛的狀態，哪怕會受傷也是應該去嘗試的一條路，唯有這樣才能對那些充滿著愛啊恨的人間事物有所充分的明白。

我捧著遠方的來信傾讀再三熱淚盈眶。

當然，有一件事我還沒有做好，我一直擔心小女回不到家。

每天只要她稍晚回來，我總會跑到陽台看看那黑頭車是否還在燈下，而它就算不在那裡，反而又讓我擔心更多，很難不懷疑他們會在其他地方……。

因此，我不打電話了，直接跑到她的公司樓下。

我突然很想和她好好吃頓飯，但不要那種有點虛假的西餐館。我喜歡吃一種定食便當，尤其那種圍著九宮格的飯盒，每個格子裡都有菜，喜歡吃什麼菜就先挑那一格。我喜歡跟著小女夾起同一格，或者就像以前那樣用猜的，偷偷猜她會先夾哪一格，猜對了就跟著吃，如果猜錯了就寧願放下筷子，等她吃完後我再繼續猜。

我終於等到她下班時已經超過了七點。

我緊緊地抱著她也是過了七點後的這個時間，就在人來人往的街口騎樓下，我遲遲沒有放開，好像很怕她真的永遠不回來了。她一手握著皮包，另一隻手由於身長的關係搆不到我的肩膀，只好朝著上背部一直掏抓，很像攀岩那樣，害怕著一鬆手就掉進了深淵。

我們後來都哭了。

附錄

最想見的人

有時我渴望見到你，徬徨的時刻，你會替我寫字，專注而優雅，且又那麼安靜，像一隻船停泊在深夜的岸邊。你替我寫出孤單的童年，勇敢又悲傷；你替我描述少年時代的憧憬，陪我走過苦澀的暗路，跌倒的時刻教我領會孤獨的意涵。你帶我走到三十歲的路口，跨過最後一道護欄，那裡人海蒼茫，而你決定從此和我分手，要我自己站在更多人前，不害羞也不畏怯，像你轉身離開時那麼的堅決。

以致後來從商的那段歲月，當有人認出我曾經是個作家時，那一刻我多麼渴望見到你，是你降臨一切，替我揮灑文學的時空，讓我的木訥羞澀或者天分得以安心隱藏。你替我排除俗世的眼光，使我不同於平凡；你暗中遙控我的形體，使我不驕奢也不躁進，不虛榮造作或淪為一個俗不可耐的商賈。

你暗中替我生氣和嘆息，隨時容納著我的挫折與憂傷，當我躊躇在一條貪婪的岔路時，你的身影會悠然出現並且走在前面，使我不敢隨便轉彎，我尾隨在一個隱形的標竿後面獨行，果然一點都不害怕，兩旁的情境都是別人看不見的風景。

如今初老之後，你終於實現了回來看我的願望。

當我還沒入睡，你已離開了我的身體，走到房間外的房間開燈，不管多晚仍然泡一壺茶，然後開始寫字，寫不出來就當作停筆太久之後的沉思。你持續替我寫了四年，頭髮明顯灰白，難免就會對我抱怨，怪我虛度的時光太過漫長，但你還是願意陪我一起趕路，把那些我所失去的或者還沒找到的，透過安靜的文字慢慢把它們找回來。

因此你也教我理解正在進行中的一篇小說。你展開別人的故事，帶我走進一棟公寓的四樓，男主人有點悲傷，作妻子的還沒回來。小說應該這麼寫，你說，我們現在應該耐心等待，不能隨便發出聲音，她推門進來的時候會躡著腳尖，不要驚擾她，讓她直接溜進浴室，出軌回來最要緊的就是卸妝。我們讓她有些緊張，讓她急著刷牙漱口，讓那些偷歡的餘味含在嘴裡，然後仰起喉嚨，小小聲咕嚕咕嚕響。這時她當然還沒有察覺，那壓抑的歡愉根本無法隱藏，它透過浴室的管路傳到了隔牆的房間。而她的丈夫就躺在那片牆角下，聽見了，瞭解了，知道已經失去了。這時怎麼辦？你說，不如我們讓他悄悄流下淚水，兩隻眼睛不敢睜開……。

細節要慢慢寫，小說才有味道。

好殘忍，我說。

幾個月後我會讓他搬出去。

然後她會怎樣？

讓她在別人的懷抱中感到非常孤單。

聽起來只是一篇很普通的小說。

故事才剛開始，有個戴美樂小姐正在走進來。

這樣的小說要表現什麼？

失去的東西會以另一種形貌出現。

到底是什麼？

人的救贖，就像我也為你寫作一樣。

……………

但有時候，我卻又非常疑惑為什麼一定要見你。你曾經教我善良，卻也使我軟弱，我在分秒競爭的商場中不夠狠，只能像個溫柔卻不起眼的老手。我經常輕易退讓，贏的時候甚至想要停下來，以免後面的失敗者越來越多。有時我非常迷惘，想不通為什麼文學和商業同時在我身上穿梭，到底我應該成就你，或只要顧慮到我自己。有時我想要專注，盡我所能背棄你的文學，也不想知道什麼是救贖，可是人生卻有那麼多突然感到荒涼的時刻，這時我只好又盼望著你趕快出現，從我的體內走出來，安安靜靜坐下來寫字，彷彿那一瞬間我才看得見自己的完整，以為終於可以做個值得尊敬的人。

因此，我當然關心，你那篇小說會成功嗎？

還不行，你說，那個男人還在奮戰中……。

二〇一六年三月二十一日《中國時報》「三少四壯」

離場

無甚改變的一年，只多出一條軌道，寫起了散文。

同樣都是寫作，對我來說，散文要比小說難，難在使我不自由。如果小說是看他人，散文無疑就是找自己。找自己何其難，挖太深像自戀，挖太淺怕失真，若是剛好不深也不淺，那就更沒什麼好戀棧，寫作本非輕鬆事，何苦還要窮念一套經，不如有空四處泡茶去聊天。

不然就要有學問，無所不知又能信手拈來，行文處若是非我不可也只需要小露面，只管一路跟著學問走，大瑜掩小瑕，澄淨的天空根本不怕一朵小烏雲。

可惜我既不自戀，學問卻又沒有，加上平日深居小宅，散文可用的生活材料可說空前的少，一篇散文千餘字看似好交差，每週一篇可就有點難琢磨。

年輕時不知何謂散文反而比較好寫，三十年後拾起老筆寫初心，才發覺以前是天真浪漫打水漂，如今則是涉水過膝撿石頭，撿得回來是記憶，撿不回來像失憶，風蕭蕭兮湖水寒，何苦那年丟了那麼多的石頭呀，很多很多早就被時間的洪水沖走了。

可是已經答應了下來。去年三四月，主編把我列入撰稿名單，隔不久副總編找我小酌，我好不容易再三婉拒，不料飯後散步回家，走到街口時他突然停下來，說得真是語重心長，「唉呀，你負責每個星期一多好，這件事非常重要，因為你是先發投手嘛。」

就這樣，沒多久我竟然就把自己說服了。五月後，專欄寫手們陸續登場，這才發覺不對，忍不住笑了起來，原來整個布陣中就算我是先發，其實也是因為我最老。大聯盟三十個球隊裡，哪個最老的投手不是先露臉，不見得是要借重他老練，恐怕是算準了萬一被打爆，後面多的是各路生猛好手等著來救援。

那麼，寫什麼呢，終於走上天真又冒險的歧途。寫寫身邊事還無所謂，有時懷起故人也感到特別窩心，卻有好幾次瀕臨著題材上的斷炊，只好臨時撞進了更窮困的童年，把我那些一直隱晦的、永遠不想回顧的，譬如潦倒的父親、早夭的姊姊以及那些殘碎的流離失所的心靈，趁著月黑風高彷彿無人知曉，突然鼓起莫名勇氣全都袒露了出來。

幾個月後卻聽到了消息，說我每次交稿都是破紀錄的早，且又一寄四篇，簡直就是剛開學已經寫好了暑假作業。我說的散文之難，其實有一部分就是難在這個自找的麻煩——既然是硬著頭皮寫，何故還能每次完成四篇？

其實是有道理的，說來讓人掬一把淚，都是為了寫小說。

這一年來的小說是這麼進行的：先把專欄散文寫到足夠撐場一個月，緊接著趕快喘口氣、換腔調，猶如重新刷牙漱口兼又練丹田，這麼的慎重其事，無非就是為了接續寫到一半的小說殘篇。小說一直使我念念不忘，畢竟因為只有它讓我感到自由，允許我大量說話，遠離俗世又能關懷他人，且又可以盡情擁抱我所牽掛的人。

然而，突然換軌行車也不能走太遠，若是逾月難以成章，眼看散文庫存又將用罄，說什麼都不能眷戀，只能暫且又把小說擱下，回頭再續幾章散文的衷曲。如此反覆周旋，頗像個廚房生手一次顧兩爐，跑來跑去都是為了添柴薪，免得這邊滾燙了，那邊卻又冷落到成為灰燼。

一直到半年過後，慢慢適應了偷天換日的情境，寫作的意趣這才稍漸浮現出來，有時半夜拉它幾下懷舊的小胡琴，有時黃昏裡吹起有點孤單的薩克斯風，兩種文體各在不同的腔調中發聲探路，在這臨老歲月，好有一種想要挽回文學殘夢的蒼涼之美。

這最後的第五十篇，就這樣依依不捨地呈現在你面前了。

球賽結束囉，投得不好，請多指教。

二〇一六年五月九日《中國時報》「三少四壯」

INK PUBLISHING 文學叢書 505

戴美樂小姐的婚禮

作　　者　王定國
總 編 輯　初安民
責任編輯　陳健瑜
美術編輯　林麗華
校　　對　吳美滿　陳健瑜　王定國

發 行 人　張書銘
出　　版　INK印刻文學生活雜誌出版有限公司
新北市中和區建一路249號8樓
電話：02-22281626
傳真：02-22281598
e-mail：ink.book@msa.hinet.net
網　　址　舒讀網http：//www.sudu.cc

法律顧問　巨鼎博達法律事務所
施竣中律師
總 代 理　成陽出版股份有限公司
電話：03-3589000（代表號）
傳真：03-3556521
郵政劃撥　19000691 成陽出版股份有限公司
印　　刷　海王印刷事業股份有限公司

港澳總經銷　泛華發行代理有限公司
地　　址　香港新界將軍澳工業邨駿昌街7號2樓
電　　話　(852) 2798 2220
傳　　真　(852) 2796 5471
網　　址　www.gccd.com.hk

出版日期　2016年9月　初版
ISBN　978-986-387-113-2

定　價　330元

國家圖書館出版品預行編目資料

戴美樂小姐的婚禮／王定國 著；
--初版，--新北市：INK印刻文學,
2016. 09 面；14.8x21 公分（文學叢書；505）
ISBN 978-986-387-113-2（精裝）

857.63　　105012452